晴海はよくできましたと言う代わりに舞桜の頬を指で撫で、
それから晴海の綺麗な目が閉じられ、長い睫毛が伏せられて——
「……ちゅっ」
あ、と思った時には、唇が離れていた。

インテリヤクザは不器用な策略家

佐倉 温

22314

角川ルビー文庫

目次

口絵・本文イラスト／桜城やや

インテリヤクザは不器用な策略家

がちゃがちゃと鍵《かぎ》を開ける音がして、小刀祢舞桜《ことねまお》は食事をしていた手を止めた。物音に気づいたみゃあちゃんの耳がぴこんと動き、舞桜のほうを向いて「みゃあ」と鳴き声を上げる。帰ってきたよ？　と伝えるように。

「この時間だと、とりあえずお風呂《ふろ》かな？」

壁《かべ》にかけられた時計を確認《かくにん》して箸《はし》を置き、ソファで丸くなっていたみゃあちゃんが体を起こしてぐぐっと背中を伸《の》ばしているのを横目で見ながら席を立つ。廊下《ろうか》を歩いてくる人を出迎《でむか》えるために。

「おかえりなさい、晴海《はるみ》さん」

リビングに姿を見せたのは、この家の主《あるじ》だった。

「……ああ」

声を出すのすら面倒《めんどう》そうなのは、徹夜《てつや》続きだからだろう。昨日電話で話した時は今から仮眠《かみん》を取ると言っていたはずだが、この分ではきっと寝《ね》られなかったに違《ちが》いない。最早《もはや》、歩いていることすら奇跡《きせき》に思える。

言いたいことは山ほどあるが、今の晴海に言ったところできっと明日《あした》の朝には覚えていない。

舞桜はため息一つで小言を全部諦《あきら》め、それでも少しこけてしまった頰《ほお》を憎《にく》く見つめてしまいながら口を開く。

「食事にしますか？　それとも——」

最後まで言い切る前に、舞桜より大きな体がどさりと凭《もた》れかかってきた。

「は、晴海さん？」

慌《あわ》てて支えようとして失敗してたたらを踏《ふ》んだ舞桜の体ごと、晴海がどさりとソファに倒《たお》れこんでしまう。最後の瞬間《しゅんかん》、晴海が体を捻《ひね》って体勢を入れ替《か》えたので潰《つぶ》されることはなかったが、自分の重みで晴海に痛い思いをさせていないかと、舞桜は慌てて起き上がろうとした。

「だ、大丈夫《だいじょうぶ》ですか？」

けれど晴海の腕《うで》にがっちり抱《かか》え込まれ、離《はな》れることができない。それどころか晴海はもう目を瞑《つぶ》ってしまっていて、舞桜は諦めと共に晴海の胸に頰をつけた。

「晴海さん……？」

そうっと声をかけても、やはり返事はない。すうすうという呼吸に合わせて、たくましい胸が上下する。規則正しいその有様は、もうすっかり深い眠《ねむ》りについてしまったことを示していて、こうなるとしばらくは起きないなと嘆息《たんそく》し、舞桜は晴海をゆっくり観察することにした。

「疲《つか》れてますねえ」

普段《ふだん》は一分の隙《すき》もないほどに完璧《かんぺき》な人なのに。死んだみたいにぴくりともしない晴海の顔からメガネを外してテーブルに置き、その目元に隈《くま》があるのを見つけてそっと撫《な》でた。

舞桜がどんなにせっせとご飯を食べさせても、ここに帰ってこない間に晴海は無茶《むちゃ》ばかりしている。薄《うす》くなった頬の肉を摘《つ》まみたくなるのを我慢《がまん》して、一人ごちる。

「ご飯はちゃんと食べてくださいってお願いしてるのに」

食欲は人間の三大欲求の中に含《ふく》まれているはずなのに、晴海ときたらいつも食べることを後回しにするのだ。そのうち本当に倒れますよと苦言を呈《てい》したら、『それなら毎回君が見張っていてくれればいいだろう？』と開き直られた。弁当を届けるとちゃんと食べているので、自分で何を食べるか考える時間が惜《お》しいのかもしれない。

以前から忙《いそが》しかった晴海だが、ここ最近の忙しさはそれまでとは比にならないほどだ。東雲《しののめ》組若頭《わかがしら》補佐《ほさ》、『伊勢崎《いせざき》晴海』。今や東雲組の要《かなめ》と言っても決して言い過ぎではないほどに、重要な仕事をたくさん任されている。

若頭であり、晴海の直属のボスでもある東雲賢吾《けんご》が次期組長になることが決まってから……いや、そもそもは賢吾が自らの弟である東雲史《ふみ》を我が子として引き取った時から、晴海は自宅にほとんど戻《もど》れないほどに忙しくなった。

だが舞桜は知っている。忙しすぎると悪態を吐《つ》きながらも、晴海がそんな生活を楽しんでいることを。

「でもさすがに、少しぐらいは休んでくださいね」

晴海が目を覚ます頃《ころ》には、スーツはしわくちゃになっているだろう。上着を脱《ぬ》ぐことすらせずに眠ってしまったのは、さすがに初めてだ。それだけ、ここのところの疲れが蓄積《ちくせき》しているということだ。

最近の東雲組は何かとイレギュラー続きである。悪いことばかりではないが、それだけ晴海が対応しなければならないことも自《おの》ずと増えてくる。なまじ何でもできてしまう人だから、自分のキャパシティーぎりぎりの量でも涼《すず》しい顔でやり遂《と》げてしまうのが、結果的によくないのではないかと舞桜は思っていた。

晴海は自分の体を過信している。いくら晴海といえども人間なのだ。無理をすればいつか倒れる。今ここにいるのが舞桜とみゃあちゃんだけだからよかったが、仮にも東雲組の若頭補佐である人が、こんなにも無防備に眠ってしまって誰《だれ》かに寝首でも掻《か》かれたらどうするのか。晴海は限界が来るとこうしてばったり倒れて眠ってしまうので、舞桜としてはとても心配だ。

少しでも寝かせてあげたくてじっとしていると、こうなることを予期していたかのようにソファを降りていたみゃあちゃんがそばに寄ってきて、こちらを見上げて「みゃあん」と鳴いた。

「そうだよねえ、ちょっと頑張《がんば》りすぎだよねえ」

自分のいいように解釈《かいしゃく》して、みゃあちゃんと会話しているように振《ふ》る舞《ま》ってしまうのは舞桜のクセである。今こうして一緒《いっしょ》に住んでいるみゃあちゃんとは違うが、今よりもずっと昔、舞桜のそばにいてくれた野良《のら》猫《ねこ》のみゃあちゃんに対してしていたクセが抜《ぬ》けなくなっていた。

「ここに帰ってきたのだって、一週間ぶりぐらいだしねえ」

　ここは元々晴海の住処《すみか》であるはずなのに、今では主人よりも舞桜のほうがはるかに長い時間を過ごしている。ほとんど帰ってこられないなら、ここを引き払《はら》って東雲邸《てい》に住み込んだほうが移動時間が少なくて済むんじゃないか。そう舞桜が提案したら、『そんなことをしたらプライベートも糞《くそ》もなくなるだろう？』と晴海にものすごく苦い顔をされたが、こんなにも疲れた顔をしているのを見ると、いい加減に決断してもらわねばと思う。

「賢吾さんに、もう一度相談してみようかな」

　今は他《ほか》の仕事もしているが、晴海の身の回りの世話をすることが、舞桜が賢吾に最初に命じられた仕事だった。何の力もない十代の未成年にできることが、そのぐらいしかなかったからだ。

　十六歳の冬、舞桜は賢吾に拾われた。それ以来、ずっと晴海と一緒に暮らしている。

　賢吾に拾われた当初、舞桜には何もなかった。それこそ、どうして賢吾が自分などを拾ってくれたのか分からないほど。

　同じ年頃《としごろ》の子供が高校に通って勉強をしている頃、舞桜は読み書きすらもできなかった。できるのは掃除《そうじ》や洗濯《せんたく》、料理などの家事だけで、賢吾の役に立てる要素など一つもなかったのだ。

　そんな舞桜に、賢吾は言った。

『お前を助けるのは、俺にとって投資だ。お前は気にせず助けられておけ』

賢吾は当時、まだ大学生だった。にもかかわらず、ずっと舞桜がいるはずだった場所から、驚《おどろ》くほどあっさりと助け出してくれたのだ。

賢吾との接点は一つもなかった。街ですれ違ったことですら。あれほど目立つ人だ。一度でも見たら絶対に覚えている。自分が助けられる理由が思いつかなかったが、賢吾に看護学校を目指せと言われ、思い人の話を聞かされた。

雨宮佐知《あまみやさち》。賢吾の幼馴染《おさななじ》みで、今は賢吾と思いを通わせ合う恋人《こいびと》だ。けれど当時はまだ賢吾の片思いであり、話を聞く限り、佐知は賢吾のことを嫌《きら》っているように思えた。

それでも賢吾が佐知を諦める様子はまったくなく、賢吾は舞桜に『看護師になってあいつと同じところで働いて、近況《きんきょう》を報告しろ』と言ったのだ。

そうして、読み書きもできなければ世の中の常識も知らないまま無駄《むだ》に年月を過ごしただけの十代の子供は、晴海に預けられることになった。

晴海と顔を合わせた時は本当に驚いた。舞桜にとって晴海は、殿上人《てんじょうびと》のように遠い存在だったから。

伊勢崎家は、舞桜の母方の実家である小刀祢家にとっては本家にあたる。系図を辿《たど》れば元々はやんごとなき家系であり、今でも本家は絶対的な権力を持っていた。何も知らなかった幼い子供の頃に晴海に少しだけ遊んでもらったことがあったが、慌てて飛んできた母に引き離され、こっぴどく怒《おこ》られた覚えがある。

それ以降、本家での集まりに手伝いとして駆《か》り出されている時も、遠くからその姿を見るだけだった。まさかそんな人と一緒に暮らすことになるとは、夢にも思わなかった。

当時、晴海も賢吾と同じ大学生だったが、その頃には東雲組に入ることを決めていた様子で、賢吾と共に学業の片手間にしていた事業の業績もよく、すでに二人共かなりの大金を稼《かせ》いでいた。

晴海はこのマンションにその当時から住んでいる。ここへ連れてこられたばかりの頃の自分を思い出せば、今でも顔から火が出そうなほどに恥《は》ずかしい。毎日風呂《ふろ》に入れと舞桜の全身を洗っていたのは晴海だし、読み書きを一から教えてくれたのも晴海だ。今の舞桜を形成するほとんどは、晴海が舞桜に与《あた》えたものだった。

少年と青年の間の年齢《ねんれい》であるにもかかわらず、幼い子供のように世の中の常識も何も知らなかった舞桜に、晴海は呆《あき》れることなく根気よく色んなことを教えてくれた。

ご飯は毎食食べること、お風呂は毎日入ること、自分の意見はきちんと言うこと、睡眠《すいみん》時間はしっかりとること、部屋の隅《すみ》だけが居場所ではないこと。

ずっと晴海の世話になってきた。今ではあの頃よりも少しは役に立つようになったと思いたいが、晴海は元々何でも自分でできる人だから、大して恩を返せているとも思えない。それどころか、舞桜がここに住んでいるから晴海は東雲邸に腰《こし》を落ち着けられないんじゃないだろうかと、最近はそんなことばかり考えている。

けれど、きっかけがない。何も理由がないのに自分から晴海の家を出たいと言えば、まるで晴海と住むのを嫌《いや》がっているみたいに思われる。

以前にも一度、賢吾に相談したことがあった。晴海が疲《つか》れた顔をしながらもわざわざ家に戻ってくるのは、舞桜がいるせいではないか、と。けれど賢吾はちっとも真面目《まじめ》に話を聞いてくれず、『あの家を出ていきたけりゃ、伊勢崎にはっきりそう言ってやれ。お前の顔なんか見たくねえってな』なんて、天地がひっくり返ってもあり得ないことを言われた。

でもさすがに、賢吾もこんな姿の晴海を見たら考えを変えるかもしれない。そう思いついて、舞桜はソファテーブルに置いていた携帯《けいたい》に手を伸《の》ばす。

「よいしょ、っと」

何とか手にしたそれを操作して、晴海の寝顔《ねがお》を至近距離《きょり》からぱしゃりと写真に収めた。どの角度から見ても完璧《かんぺき》な晴海の顔が、画面いっぱいに写っているのを確認《かくにん》する。うん、いつ見ても恰好《かっこ》いい。

「ん……」

晴海の眉間《みけん》に皺《しわ》が寄ったが、よほど眠《ねむ》いのか、目を開くことなくまた夢の中へと戻っていった。普段《ふだん》の晴海は少しの物音でも目を覚ます。こんなにぐっすりと眠りこんでいるのは本当に珍《めずら》しい。その姿を確認して、舞桜は賢吾にメールを送る。

「えーっと……今日の報告。晴海さんが疲れ切ってます。できればこの間話した件、真剣《しんけん》に考えていただけると嬉《うれ》しいです、と」

写真を添付《てんぷ》してメールを送信し終わると、ほどなくして返信が来る。賢吾はああ見えて今時の女子高生より打つのが速い。

画面に並んだ文字を見て、舞桜は苦笑いを浮《う》かべた。すんなり認められると思っていた訳ではないが、賢吾の返信があまりにも賢吾らしいものだったからだ。

【佐知以外の報告はいらん】

賢吾は本当に迷いのない人だ。賢吾の視線は、いつも真っすぐに佐知を見ている。あれだけ愛されたら、もう他の人では満足できないだろうと思うほど。

誰かに愛されたことのない舞桜にとっては、賢吾と佐知の関係は憧《あこが》れを通り越《こ》して夢物語のようですらある。だが確かに目の前に存在している二人の愛は、そばで見ている舞桜のことも幸せな気持ちにしてくれた。

舞桜には愛というものがよく分からないけれど、少なくとも賢吾のそれが、佐知を包み込んで守るものであることは理解できた。

幼い頃《ころ》からずっと佐知を守っていたのは賢吾で、自分のそばにもこんな人がいてくれたら、と佐知に対して羨《うらや》ましい気持ちを持ったこともある。そもそも佐知が、賢吾が愛するに値《あたい》するほど素《す》敵《てき》な人であるから、という大前提を考えると、舞桜のそばに誰もいなかったのは当たり前のことなのだが。

【佐知さんは朝から賢吾さんのことを怒ってました。理由は佐知さんに聞いたほうがいいと思います】

今朝の佐知の様子を思い出しながらメールを返信する。今日は朝から佐知がぷんぷんと怒っていたのだが、理由を聞いて舞桜は笑《え》みを堪《こら》えるのが大変だった。

『聞いてくれよ舞桜！　賢吾のやつ、またＹシャツに口紅つけてきやがった！』

言葉だけを聞けば浮気《うわき》を疑っているように聞こえるが、佐知の怒《いか》りは別である。

『俺には誰《だれ》にも触《さわ》らせるなとか何とか言って怒るくせにっ、自分は隙《すき》だらけかよ！』

佐知は賢吾の浮気を疑わない。疑う隙も与えないほど、賢吾が自分を愛していることをよく分かっているのだ。要するにただのヤキモチである。賢吾が浮気などしないことは分かっているが、他の誰かが賢吾に触るのが許せない。賢吾は自分のものであると、絶対の自信を持っている。何とも微笑《ほほえ》ましい怒りである。せっかくなので、賢吾にも佐知から直接聞いて欲しいと思う舞桜だ。

佐知の可愛《かわい》さには、舞桜もどきりとさせられることがある。看護師として雨宮医院に勤めることが決まった時、賢吾に『いいか？　あいつに興味を持つやつは皆《みんな》敵だと思え』と言われたが、さもありなんといったところだ。

舞桜は人の機嫌《きげん》を読むことが得意だ。何を考えているかまでは分からなくても、その人を見ていれば何となく喜怒哀楽《きどあいらく》が読める。佐知に興味を持つ人間を排除《はいじょ》するのは天職に思えた。子供の頃、母の機嫌を窺《うかが》っている間に身についたスキルだが、人生、何が役に立つようになるか分からないものである。

佐知は本当に驚くほどに人を惹《ひ》きつける。無自覚であれなのだから、もし本人が自覚を持って周囲を誘惑《ゆうわく》したら一体どうなるのだろうか。

そんなことをつらつらと考えていると、賢吾からまた返信が来た。

【分かった。お前はそこのヘタレを充電《じゅうでん》させてやってくれ】

「ヘタレ……」

晴海のことをヘタレだなんて言うのは、この世の中でもきっと賢吾ぐらいだろう。こんなに有能に思える晴海も、賢吾からすればまだ物足りないらしい。晴海からも『悔《くや》しいが、あの人には及《およ》ばない』と聞いたことがある。舞桜自身、賢吾の手腕《しゅわん》には驚かされることが何度もあった。

【分かりました。お腹《なか》いっぱい充電させますね】

メールを返信すると、すぐに返事が来た。

【いつまでも待てをさせると、そのうち食い荒《あ》らされるぞ】

「ふふ、大丈夫《だいじょうぶ》です。そんなこともあろうかと、ちゃんと作り置きをしておいたので」

舞桜はメール画面を見ながら不敵に笑う。待たせたりするものか。仕事は完璧に遂行《すいこう》する。

それが舞桜の存在意義なのだから。

次の日は雨だった。

雨宮医院の午前の診察《しんさつ》時間が終わり、舞桜は午後の診察が始まるまで鍵《かぎ》をかけようと入口に近づく。ざあっという雨音がかすかに聞こえて、どうやら外は土砂降《どしゃぶ》りらしいと意識を外に向けたところ、雨音の中にぱしゃぱしゃという水音が聞こえ、間もなく入口が開いた。

「晴海さん」

息を切らしながら現れたのは晴海だった。車から降りる時に傘《かさ》を差さなかったらしく、髪《かみ》もスーツの肩口《かたぐち》も雨に濡《ぬ》れている。当然メガネにも水滴《すいてき》がついていて、晴海は片手でメガネを外してスーツの胸ポケットに挿《さ》した。

「……久しぶりだな」

昨夜《ゆうべ》の晴海はあのままぐっすり眠ってしまって、今朝も起きてはこなかったので、朝食と弁当を用意してから舞桜は先に家を出た。だから、舞桜が晴海を見たのは今朝ぶりだが、晴海が舞桜に会ったのは久しぶり、ということになる。本当は帰宅時にも会話らしきものはあったのだが、どうやらあの時の記憶《きおく》もないらしい。

「俺は、今朝も会いましたよ？」

長い睫毛《まつげ》にまで、水滴がついている。舞桜が指でそれを払《はら》うと、瞬《まばた》きをした晴海が落ちてきた前髪《まえがみ》を煩《わずら》わしそうに掻《か》き上げた。

「……患者《かんじゃ》はもういないのか？」

二人の本来の関係を知る人達の前以外で、舞桜と晴海がプライベートな会話を交《か》わすことはない。舞桜の言葉で院内に誰もいないことを悟《さと》った晴海に、舞桜は笑顔で頷《うなず》いた。

「はい。佐知さんも今は二階のご自宅のほうです。呼んできましょうか？」

受付に置いていたハンドタオルを取りに行き、晴海のもとに戻《もど》って濡れたスーツをとんとんと叩《たた》く。

土砂降りの中、わざわざ走ってくるぐらいだから、きっと佐知に急ぎの用があるのだろう。

舞桜はそう思ったのだが、ハンドタオルを持つ舞桜の腕《うで》を摑《つか》んで止め、晴海は小さく首を横に振《ふ》った。

「いや、君にこれを渡《わた》しに来ただけだ」

晴海がスーツの内ポケットから出してきたのは、舞桜がずっと行きたいと思っていたミュージカルのチケットだった。

「これ、どうしたんですか……？」

いわゆるプラチナチケットと言われるほど、手に入れるのが難しいチケットなのだ。何度もチケット購入《こうにゅう》にトライしたが駄目《だめ》で、最近はもうほとんど諦《あきら》めていたのに。

「たまたま手に入ったんだが、そういえば君が好きだったなと思い出したんだ。二枚あるから、一緒《いっしょ》に行くか？」

「はい、ぜひ！」

晴海は時々、こうして舞桜を美術館展やミュージカルに誘《さそ》ってくれる。最初は自分なんかが、と恐《おそ》れ多い気持ちだったが、今ではこれが課外授業なのだとちゃんと理解している。

『いいか、知識は武器だ。何でも貪欲《どんよく》に吸収しなさい』

勉強を教えてくれるようになってすぐの頃、晴海が舞桜に言った言葉だ。それから必死に色々なことを勉強しているが、賢吾と晴海の知識量には遠く及ばない。二人共、六法全書を丸暗記できるほどの記憶力を持っているから、少しぐらい舞桜が努力したところで追いつくことなどできないのは、嫌《いや》というほど分かってはいるけれど。

「そうか。……じゃあ、君に渡しておく。当日に劇場の入口で待ち合わせることにしよう」

「分かりました」

夢見《ゆめみ》心地《ごこち》でチケットを受け取る。まさか観《み》られるとは思わなかった。あまりの嬉しさにチケットをじっと眺《なが》めていると、晴海がこほんと咳払《せきばら》いをする。

「……？」

「その……昨夜はすまなかった。家に帰りついたところまでは覚えているんだが、その後の記憶がない」

「ふふ、そうなんですか。晴海さん、帰ってきた時すごかったんですよ？　覚えてなくてよかったかもしれません。突然《とつぜん》服を脱《ぬ》ぎ捨てて――」

「本当か？」

「嘘《うそ》です」

　ぺろっと舞桜が舌を出すと、晴海の手が舞桜の髪をぐしゃぐしゃにした。

「まったく……いつからそんなに悪い子になったんだ、君は」

「先生の教えがいいからかもしれませんね」

「俺はそんなことを教えた覚えはないぞ？」

「いえ、晴海さんじゃありません。佐知さんがこの間賢吾さんに同じことを言ってたんですけど、それを聞いた賢吾さんが癒《い》やされたと言っていたので、晴海さんも癒やされるかなあと思って。あ、もしかしてこれって恋人《こいびと》同士じゃないと駄目なやつでした？　冗談《じょうだん》で息抜《いきぬ》きをする的なやつかと思ってたんですけど」

「……若が癒やされたのは、言われた台詞《せりふ》じゃなくて仕草のほうだろうな。その辺りには同意だが、変な誤解をされては困るから、俺以外にはしないように」

「分かりました」

　そうか、台詞じゃなくて仕草のほうなのか。ということは、やっぱり恋人同士じゃないと駄目なやつなのかもしれない。

「あれ？　伊勢崎……だよな？」

馬鹿《ばか》なことをしてしまったなあと舞桜が後悔《こうかい》していると、入口の扉《とびら》を開けて佐知が中に入ってきた。

「何か用か？　あ、お前もしかして、また俺でストレスを発散しようとして――」

「佐知さん、そんなに俺に構ってもらいたいんですか？　俺も暇《ひま》じゃないんですが、佐知さんがそこまでおっしゃるなら仕方ないですね」

舞桜の腕を掴んでいた晴海の手が、さりげなく離《はな》れていく。舞桜も佐知に笑顔《えがお》を向けたまま、さりげなく晴海と距離《きょり》を取った。

「ち、違《ちが》う！　仕方なくない！　全然構ってくれなくていいから！」

無自覚でこういうことをしてしまうのが、佐知の可愛《かわい》いところだ。構わずにいられなくさせる。実際、賢吾だけでなく晴海がよく医院に顔を出すのも、疲《つか》れた時に佐知を構いたくなるからなのだろうと舞桜は思っている。

「お前のアイデンティティーはどうしたんだ？」

「何のことですか？」

「メガネだよメガネ。あれがないと、いつもの八割増しで男前度が上がるから、一瞬誰《いっしゅんだれ》か分からなかったぞ」

「なるほど。若に、佐知さんが俺に色目を使ってくると報告しておきますね」

「何でだよ！　俺は客観的事実を教えてやってるだけだろ！」

舞桜は知っている。晴海は本来、そこまで目が悪い訳ではない。メガネをかけているのは整いすぎた顔を少しでも隠《かく》すためだ。晴海以外から聞けば自意識過剰《かじょう》だと思うところだが、メガネをかけていない姿を何度も見ている舞桜にはよく理解できた。小学生の頃《ころ》に視力が少し下がり、矯正《きょうせい》のためにメガネをかけたところ、それまでより騒《さわ》がれなくなり、以来ずっとかけ続けているらしい。

「反省しませんね、佐知さん。あなたのそういう言動が、いつも若を暴走させるんですよ」

「あいつが勝手にいちいちどうでもいいヤキモチ焼くだけだろ」

「そもそもあなたが何でも許すから、若がどんどんつけあがるんですよ？　もう少し厳しく躾《しつ》けたらどうなんですか」

「俺が悪いみたいに言うなよ。伊勢崎があいつから目を離さなきゃいいんだよ」

「ほう……佐知さんは、俺に今よりもっと激務をしろと？」

「あ、いや、別にそういうつもりじゃ……」

「佐知さんが若を甘やかすせいで俺の仕事が増えていることを恨《うら》んだりなんて、俺は決していませんからね」

「べ、別に甘やかしてなんかっ」

「史坊《ぼっ》ちゃんがあなたの悪影響《あくえいきょう》を受けて、最近そこここで人を虜《とりこ》にしてトラブルを起こしかけていることも、あなたのせいだなんて思っていませんから」

「いや、最初の段階であなたの悪影響って決めつけてるだろっ！」

「決めつけ？　実際に俺はあなたの悪影響で被害《ひがい》を受けています。俺の心配事が増えたのは佐知さんのせいですからね」

「ふ、史が可愛いのはどうしようもないことだろうが！　俺のせいじゃないよ！」

晴海と賢吾もよくこうした会話の掛《か》け合いをするが、相手が佐知の時の晴海はより楽しそうに見える。二人の楽しい時間を邪魔《じゃま》せぬよう、舞桜はにこにこ笑いながら空気に徹《てっ》しようとしたが、突然《とつぜん》佐知ががしっと舞桜の両肩《りょうかた》を掴んで盾《たて》にした。

「舞桜は俺の味方だよな!?　史が可愛いのは前からだって言ってやってくれよ！」

「そうですねえ、確かに史君が可愛いのは前からです」

「だろ!?」

「でも、最近はすっかり甘えることを覚えたみたいですね。先日史君に会った時、『ねえまおちゃん、だっこして』と可愛くおねだりされたんですけど、可愛いことするねって言ったら『まえにさちがぱぱにしてたの』って言ってましたから」

「……っ!!　お、俺は決してそんなことは……っ」

「佐知さん、一度自分が酔《よ》っている時の姿を動画で確認《かくにん》することをお勧《すす》めします」

「酔ってる時の佐知さん、本当に可愛いですからね」

佐知はアルコールに弱く、酔うと普段《ふだん》のツンデレが嘘のように素直《すなお》になる。賢吾はそんな佐知を誰にも見せたがらないが、だからといって、佐知の付き合いを全面的に禁止することはできない。そんな賢吾が、たまには自分だって息抜きに呑《の》みに行きたい、と主張した佐知の呑み仲間として白羽の矢を立てたのが、舞桜なのだ。それ以来、佐知とは何度か呑みに行っているが、賢吾が見せたがらないのもよく理解できる。酔っている佐知は無防備で、本当に可愛いのだ。

「そ、そんなのっ、舞桜だって一緒なんだからな！」

「え？」

「この間、二人で呑みに行ったじゃないか！」

「ええ、行きましたね。でも——」

「あの時っ、ほろ酔いの舞桜の目がとろんとしてすっごく色っぽくて、店中の客が舞桜のことを見てたんだからな！」

佐知の言葉に舞桜は目をぱちぱちと瞬《またた》かせ、それからくくっと拳《こぶし》を唇《くちびる》に当てて笑った。そんな勘違《かんちが》いをしていたなんて、本当に佐知は面白《おもしろ》い。

「違いますよ。あの時皆《みんな》が見ていたのは佐知さんのほうです。佐知さんが可愛く頬《ほお》を赤くしてたから——」

「いいや違う！　だって思わず俺もふらふらってついていきたくなるぐらい可愛かったもん！」

「いいえ、可愛かったのは佐知さんのほうで——」

「ストップ。いい加減にしてください。どっちがより可愛いか、なんて競《きそ》う必要はありませんよ？」

呆《あき》れ顔の晴海にそう言われて、舞桜と佐知は顔を見合わせる。知らないうちに、相手のほうが可愛いと力説してしまっていた。

「とりあえず二人共、外で呑むのを禁止するべきだと若に伝えておきますから」

「え？　俺もですか？」

「君もだ」

最近、仕事が早く終わった時には少しだけバーに寄ることを日課にしていたのに。酒が入ると人間は饒舌《じょうぜつ》になるものだ。酒を出す店には情報がよく集まる。

舞桜の仕事内容には、佐知を守ることも含《ふく》まれている。

誰かが佐知への恋心《こいごころ》を拗《こじ》らせたりはしていないか。近隣《きんりん》でおかしな事件は起きていないか。不審《ふしん》人物の目撃《もくげき》情報はないか。

情報は宝だ。そういう情報をあらかじめ集めておくことで、事前に佐知の身の安全を確保したことは、実は一度や二度ではない。おそらく佐知自身が思っているよりずっと、佐知はトラブル体質である。できる手は全《すべ》て打っておきたい。

「伊勢崎さん、俺のは佐知さんの勘違いですから」

佐知の前で晴海を伊勢崎と呼ぶのは、最初にここに来た理由が理由だからだ。

今では佐知に舞桜が賢吾のスパイだったことはバレているが、ここに来た当初、舞桜は賢吾と晴海とは無関係の人間でなければいけなかった。

真実を佐知が知った今、別に隠す必要もないのだが、舞桜と晴海と賢吾の関係を話せば、芋《いも》づる式に舞桜の過去を話さなくてはならなくなる気がする。佐知は優《やさ》しいから、舞桜にとってはもう何でもない過去であっても胸を痛めるだろう。そう思うとなかなか言い辛《づら》い舞桜である。

「佐知さんが勘違いする程度には、色気を振《ふ》り撒《ま》いていたということだろう？」

晴海に冷たい視線を向けられ、舞桜は誤解ですという言葉を呑み込んだ。こういう時の晴海は、言い訳をするだけ無駄《むだ》なのだ。

「そんなつもりはなかったんですけど、以後気をつけます」

「そうしなさい」

これまで晴海には色々なことを教えてもらったが、その中でも耳にタコができるぐらいに言われた言葉がある。

『色仕《いろじ》掛《か》けはするな』

舞桜は、他人の顔色を窺《うかが》うことは得意だけれど、恋愛《れんあい》感情というものがよく分からない。誰が誰を好きなのだとそれまでの言動から類推する能力はあるが、相手を好きな気持ちゆえに暴走してしまう心理が理解できないのだ。

そんな舞桜が色仕掛けなどしても厄介事《やっかいごと》が増えるだけだ、と晴海には言われている。相手の気持ちを推《お》し量れないから、引き際《ぎわ》を見極《みきわ》めることもできない、と。

たとえ本気で舞桜が色仕掛けをしようとしたとして、引っかかるような奇特《きとく》な人がいるとは思えないから素直に承諾《しょうだく》したが、色仕掛けをしているつもりがなくてもそれは色仕掛けだと怒《おこ》られることもあって、なかなか難しいものである。

「なあ、舞桜が色気を振り撒いてることを、何で伊勢崎に謝らなきゃいけないんだよ。こんなにいい男なんだから、別に恋の一つや二つしたっていいだろ？　舞桜が元々賢吾に雇《やと》われたスパイだからって、そこまでうるさく言う権利なくないか？」

「俺は別にうるさく言っているつもりは……」

佐知の言葉に反応した晴海が、珍《めずら》しく口ごもる。舞桜に対して父親のような気持ちでいることを、二人の関係を知らない佐知に説明できないからだろう。

「俺、恋愛とかよく分からないんです。だから、変な人に引っかからないように心配してくれてるんですよ」

「え、舞桜、恋愛したことないの？　誰《だれ》かのことを考えて、胸がぎゅうって苦しくなったことってないのか？」

佐知の言葉に、つい笑ってしまった。

「佐知さんは、賢吾さんのことを考えて、胸が苦しくなったことがあるんですね」

「べ、別にそんなんじゃないけどっ！」

佐知が顔を真っ赤にする。本当に、分かりやすくて可愛《かわい》らしい人だ。

「そ、それにしてもさあ、俺より伊勢崎のほうが舞桜の事を知ってる気がするんだけど！　二人が仲がいいなんて全然知らなかったなあ」

佐知はただ話を変えようとしただけだろうが、なかなか痛いところを突《つ》いてくる。拗《す》ねた顔でこちらを見る佐知に、舞桜はふっと自然に笑《え》みを浮《う》かべる。

「最近よく会ってますから。史君をうちへ連れてきてくれてるのも、大抵《たいてい》伊勢崎さんですし」

このぐらいで動揺《どうよう》しない教育は、晴海からちゃんと受けている。伊達《だて》に長い間、佐知にバレずにスパイ兼《けん》護衛として活動をしていた訳ではない。

「ああ、いつも史がお世話になってます」

「いえいえ。こちらこそ、いつも碧斗《あおと》がお世話になってます」

碧斗とは、舞桜の戸籍《こせき》上の弟のことである。史と同じ保育園に通っていて、二人はとても仲がいい。史と碧斗が晴海の家に泊《と》まりに来ることもよくあるが、史には晴海の家が舞桜の家であるとあえて誤解をさせていた。

「そっか。いつも伊勢崎が連れてってくれてるんだな。でも、それだけにしては伊勢崎が――」

「佐知さん、そんなに俺に興味津々《きょうみしんしん》だったんですか？　申し訳ありませんが、俺は若と佐知さんを取り合うつもりはありません。他《ほか》を当たってください」

「違う！　ちょっと気になっただけだろ!?」

佐知はぶんぶんと大袈裟《おおげさ》なぐらいに手を振った。そこまで嫌《いや》がらなくても、と舞桜は密《ひそ》かに思う。

もちろん賢吾はすごい人だが、晴海だって少しも引けを取らないと思うのだ。頭だってものすごくいいし、実は格闘技《かくとうぎ》にも秀《ひい》でている。家事と仕事の処理能力に至っては、賢吾を上回っているというのに。

「そこまで嫌がられると、それはそれでムカつきますね。死んでください」

「何でだよ！」

少しぐらい、佐知にも晴海の魅力《みりょく》を分かってもらえたらいいのにな。

もちろん、賢吾と佐知の関係に波風を立てたい訳ではないのだが、晴海をないがしろにされるのも悲しい。賢吾への忠誠と晴海への尊敬で、板挟《いたばさ》みの舞桜なのであった。

日常に変化が訪《おとず》れたのは、それから数日後のことだった。

「キヌさん!!　大丈夫《だいじょうぶ》!?」

舞桜が病室へと飛び込むと、ベッドに横たわって申し訳なさそうな顔をしている吉原《よしわら》キヌと目が合う。病院の患者《かんじゃ》衣に身を包み、いつもはしっかりと結《ゆ》い上げている髪《かみ》が下ろされていた。

キヌは碧斗の父方の祖母で、現在は碧斗の親権者でもある。七十代に入ったばかりだが、まだ幼い孫を女手一つで育てるのはなかなか大変で、ここのところ何かと病院の世話になることが増えてきていたものの、救急車で運ばれたのは初めてのことだ。

医院に救急隊員から電話がかかってきた時は、心臓が止まるかと思った。慌《あわ》てて飛び出してきてしまったので、佐知にちゃんと話ができたかどうかすら覚えていない。

「舞桜さん、ごめんなさいね」

みっともない姿を見せてはいけないと普《ふ》段《だん》から身なりには気を遣《つか》っているキヌは、バツが悪そうに髪に手を当てた。それは親のいない碧斗に恥《は》ずかしい思いをさせたくないとキヌが負い目を感じているからだと知っている。碧斗はキヌのことが大好きで、そんなことは全然気にしていないのに。

だが舞桜がどれだけ気にすることはないと言ったところで、キヌには慰《なぐさ》めにしか聞こえないのだ。舞桜とキヌは、腹を割って話ができない関係だった。薄氷《はくひょう》を踏《ふ》むように、いつも二人の会話には遠慮《えんりょ》と緊張《きんちょう》がある。

「お仕事中だったんでしょう？　本当にごめんなさいね。私は呼ばなくていいと言ったんですよ？　それなのに救急隊の方がどうしても、と言うものだから」

少し顔色が悪いものの、キヌの受け答えはしっかりとしていた。救急隊から連絡《れんらく》をもらった時には意識がないと聞いていたので心配したが、どうやら大丈夫のようだ。

ほっと息を吐《は》き、舞桜は病室に置かれているパイプ椅子《いす》を引き寄せてベッド脇《わき》に腰《こし》を下ろす。

手のひらに汗《あせ》をかいていることに気づいて腿《もも》に擦《こす》ろうとし、自分がまだ看護服を着たままだったことをようやく思い出した。

　道理で、ここに来るまで色んな人に声をかけられた訳だ。やたら院内の場所を聞かれるのでどうしてかと思っていたが、患者や見《み》舞客《まいきゃく》にとってはさぞかし紛《まぎ》らわしい存在だっただろう。いつでも冷静でいられるつもりだったのに、すっかり気が動転してしまっていたらしい。とても晴海には見せられない姿だ。

「私は大丈夫ですから、すぐにお仕事に戻《もど》ってちょうだい」

　無言になった舞桜をどう思ったのか、キヌは申し訳なさそうに舞桜を促《うなが》す。

「いえ、ちょうど午前の診察《しんさつ》が終わったところだったんでそれは大丈夫です。……何か上に羽織ってくればよかったですね。着慣れているせいで深く考えずにこのまま来てしまって」

　キヌが心配で医院を飛び出してきたなんて言えば、またキヌに謝らせてしまう。舞桜は頭をくしゃりと掻《か》いて、恥ずかしそうに笑ってみせた。とりあえず、病室を出た後で佐知に電話をしておこう。何事かと心配しているかもしれない。

「看護服が普段着だなんて、何だか恰好《かっこ》いいわね」

「午前と午後の診察時間の合間もこのままなので、一日の大半はこの恰好《かっこう》なんですよ。最近はこの恰好のほうが落ち着くような気がします」

　これは本当のことだ。看護服は元々動きやすいようにできている。服は着られれば何でもいい舞桜にとって、服を選ぶという作業はそれなりに面倒臭《めんどうくさ》い。ずっと看護服で過ごせるなら、選ぶ手間もなくていいのに。

「そんなことより、倒《たお》れたって聞いたんですけど、どこかぶつけたりはしてませんか？」

救急隊員に『家の前で倒れていたようです』とは聞いたが、それ以上はまだ検査中だと教えてもらえなかった。

「それが、記憶《きおく》にないのよ」

「一体何をしてたんですか？」

「……そろそろね、衣替《ころもが》えをしようと思って……」

気まずそうな顔で、キヌがちらちらとこちらを窺《うかが》ってくる。舞桜はため息を吐《つ》いてしまいそうになるのを何とか堪《こら》えた。

キヌは季節ごとに服を入れ替《か》えるのだが、着ない服は押入れの上段にしまわれていて、それなりに重量があった。何度も別のところに移すようにと提案したがキヌは受け入れてくれず、そして衣替えの時期が来ると何回かに一回はぎっくり腰《ごし》になってしまうのだ。

それを回避《かいひ》するために、衣替えの時期には舞桜のほうから衣替えの提案をして段ボール箱を下ろすようにしていたのに、ここのところ舞桜も忙《いそが》しくて、つい時期を過ぎてしまっていた。

「すみません、気がつかなくて」

気が利《き》かない自分に凹《へこ》むと、キヌは慌てた顔で「やめてちょうだい」と舞桜の手を取った。

「どうして舞桜さんが謝るの。無理をした私が悪いのよ?」

そう言った後キヌも黙《だま》り込み、病室に気まずい沈黙《ちんもく》が流れる。この沈黙は、互《たが》いの遠慮だ。たぶん舞桜が本当の孫だったらキヌも遠慮なく舞桜を呼ぶことができたし、舞桜だって謝らずに怒《おこ》ることができた。

キヌは戸籍上では舞桜にとっても父方の祖母に当たるが、実際には血の繋《つな》がりはない。舞桜とキヌがそのことを知ったのは、舞桜が小学生になる頃《ころ》だった。

小学生になる舞桜にとキヌが買ってくれた黒いランドセルを、舞桜が使うことは一度もなかった。母の携帯《けいたい》を盗《ぬす》み見たという父が、キヌと舞桜の目の前で母を怒鳴《どな》り始め、そこから取っ組み合いの大喧嘩《おおげんか》になり、舞桜はランドセルを受け取ることなく母に連れられて母方の実家に帰ることになったからだ。

その時に初めて、舞桜は自分が父の子でないことを知った。いわゆる托卵《たくらん》と言われる行為《こうい》だ。道理で父と似ていないはずである。

父はその際、『やっぱり俺の子じゃないじゃないか!』と言ったから、きっとずっと疑っていたのだろう。それを思えば、自分がそれほど父に可愛《かわい》がられなかった理由も理解できた。

血の繋がりがないと分かった時から、キヌと舞桜の間には目に見えない線が引かれている。幼い頃、いつでも舞桜を抱《だ》きしめてくれた祖母はそこにはおらず、いるのはいつも遠慮がちなキヌだけだ。きっとキヌのほうもそう思っているだろう。

キヌにもっと自分を頼《たよ》って欲しいと思う。だが、舞桜の立場がそれを主張することを躊躇《ちゅうちょ》させる。今のキヌと舞桜は、血の繋がらない赤の他人だ。いや、母がキヌ達にしたことを考えると、他人よりもっとひどい。舞桜は罪の象徴《しょうちょう》だ。本当ならキヌは、舞桜の顔も見たくないことだろう。

「えっと……ぎっくり腰で倒れたのに、記憶がないってどういうことですか？」

沈黙に耐《た》えかねて口を開く。キヌは少しほっとした顔をして舞桜の手を放した。

「私は、あんまり痛くて倒れたんだと思ったの。けれど、お医者様は一度きちんと調べましょうっておっしゃってね。私が何を言っても帰してくれないのよ？　早く帰って、碧斗のお夕飯を作りたいのに」

「帰ろうとしても、痛くて動けませんよ。碧斗のことは気にせず、ゆっくり休んでください。退院するまで俺が預かりますから」

「……そうね、私はここで天井《てんじょう》を眺《なが》めていることしかできそうにないわね」

キヌはふうとつまらなそうにため息を吐いた。互いに遠慮はあるものの、碧斗のことになると別だ。碧斗が大きくなるまでは、二人で協力しながら育てようと決めている。……キヌと再会した時から。

キヌと舞桜が再会したのは、舞桜が看護学校を卒業してすぐの頃だった。本当に偶然《ぐうぜん》、商店街でばったり会ったのだ。あの時は本当に驚《おどろ》いた。

キヌは元々この辺りに住んでいた訳ではない。どうしてこんなところにいるのかと疑問に思ったが、それよりもその時キヌが抱いていた小さな子供のことが気になった。それが碧斗だった。

二人はぎこちなく言葉を交《か》わし、近くの喫茶店《きっさてん》に入った。そこで、碧斗が舞桜の父親だった人の子供であること、今はキヌが育てていること、金の無心に来る舞桜の父親から逃《に》げたこと、などを聞いた。舞桜にはその全《すべ》てが、母と舞桜が原因であるような気がした。

何より、キヌに抱かれて機嫌《きげん》よく笑っている碧斗が本当に可愛かった。自分にもこうしてキヌに抱かれて笑っていた頃があったのだろうと思うと、胸が軋《きし》む思いがしたが。

その時はぎくしゃくとしたまま別れたけれど、碧斗の笑顔《えがお》が脳裏《のうり》に焼きついてしまい、舞桜はその夜何度も失敗をした。皿を割ったり、洗濯物《せんたくもの》を取り込み忘れていたり。そうして晴海に気づかれて白状させられた後、晴海に言われたのだ。

『君のしたいことをすればいい。そのために必要なら、上手《うま》く俺を利用しろ。それぐらいはできるように教育したつもりだが？』

『利用だなんて、そんな……』

『目的を達成するために、犠牲《ぎせい》を最小限にすることは何度も教えただろう？　誰《だれ》かを利用しなければならない時は、最初に俺を使えということもな』

誰かを利用すれば、借りを作ることになる。だからなるべく返さなくていい相手を選べと晴海に言われていた。だが舞桜からしてみれば、相手が晴海だから返さなくていいなんて思えない。そうしたら晴海は言ったのだ。

『それなら、俺に対する恩は全て食事で返しなさい』

『食事で？』

『食事は大事だ。食べるものによって俺の体が作られる。もう俺はここ数年、ずっと君の作ったものを食べている訳だから、俺の体の大部分は君が作ったものだと言ってもいい。ということは、もう俺のほとんどは君のものだということだな』

『それは、ちょっと暴論では……？』

『それぐらいの図々《ずうずう》しさが大事だということだ。これからも君が俺のための料理を作り続けると約束するなら、それは俺が君に協力するメリットになる』

　当時の舞桜は晴海の言うことは絶対だと思っていたのであっさり丸め込まれたが、晴海に手料理を食べさせられる相手など山ほどいる。晴海は優《やさ》しさを優しさと感じさせずに受け入れさせるのが上手いのだ。

　本当に晴海は優しい。思わず口元に笑みを浮《う》かべると、くすりとキヌが笑う声が聞こえた。しまった。また自分の世界に入ってしまった。

「舞桜さん、今、伊勢崎さんのことを考えていたでしょう？」

「え？　どうして分かったんですか？」

「すごく幸せそうな顔をしていたのよ？　……舞桜さんが幸せそうで、よかったわ」

「えっと、その……ありがとう、ございます」

キヌは一つ、大きな勘違《かんちが》いをしている。晴海が舞桜の恋人《こいびと》だと思っているのだ。これについては晴海が悪い。

初めてキヌがぎっくり腰になって碧斗を預かることになった時、晴海はキヌに挨拶《あいさつ》に行ったのだ。『顔も知らない男の家に孫を預けていると知ったら、無理をしてでも取り返しにくるかもしれない』と言って。

その時晴海は、わざとキヌに誤解されるような自己紹介《しょうかい》をした。

『舞桜さんと同棲《どうせい》している、伊勢崎晴海と申します。舞桜さんのことは一生大事にしていくつもりですので、キヌさんもどうぞ遠慮《えんりょ》なく、俺のことをこき使ってくださいね』

普段《ふだん》は見せない、きらっきらの笑顔付きで。当然キヌは驚いていたが、晴海のきらきらスマイルにすっかり魅了《みりょう》され、ほんの数分で見事に丸め込まれた。晴海がもしホストをしていたら、どんな女性も身ぐるみを剝《は》がされてしまうかもしれないと、戦慄《せんりつ》した舞桜である。

もちろん後で抗議《こうぎ》はしたが、晴海に口で勝てる訳がない。

『普通に考えて、極道《ごくどう》組織にいるような男に孫を預けたいと思う祖母がいる訳ないだろう？　俺が自分の孫を絶対に傷つけない保証が必要だ。俺が君のことを大事にしているというのは何よりの保証になると思うが？　それに、俺は嘘《うそ》は吐いていない。恋人だと勝手に勘違いしたのはキヌさんだ。俺は嘘を訂正《ていせい》しないだけだ。何か問題があるのか?』

晴海は、詐欺師《さぎし》としても一流になれるだろう。

もちろんキヌも最初から晴海を全面的に信用していた訳ではない。どれだけ晴海に好感を持ったとしても、相手は極道である。だが晴海は何くれとなくキヌの世話を焼き、気がつけば、舞桜の知らぬところで連絡《れんらく》を取り合うほどの仲になっていた。

　男同士だということは、キヌにはさほど問題ではなかったらしい。キヌにとって重要なことは晴海が碧斗を傷つけないかどうかだけだから、そもそも興味がなかったのかもしれない。

「伊勢崎さん、最近お忙《いそが》しいんですってね。舞桜さんが一人で寂《さみ》しがるといけないから、時々呼んでやってくれと言われていたのよ? 本当に、いつも舞桜さんのことを気にかけてくださって、ありがたいことだわ」

「晴海さんがそんなことを?」

　知らなかった。どんなに忙しくても毎日帰るか帰らないかの連絡だけはくれる晴海だが、ここ最近はあまりの忙しさにその連絡すらメールでの一言になっていたぐらいだから、余裕《よゆう》があったとは思えない。

　一人で寂しがるだなんて、いまだに小さな子供のような扱《あつか》いを受けていることがどうにもくすぐったい。晴海にとっての舞桜は、今も拾われてきた時のままなのかもしれない。

「舞桜さん、あの方を大事にしなくては駄目《だめ》よ? 私の年になると、自分を大事にしてくれる人のありがたさがよく分かるの。性別なんて些細《ささい》なことだわ。誰も愛せないより、よほど素晴《すば》らしいことよ？」

　キヌはよかれと思ってそう言ってくれたというのに、その言葉がぐっさりと舞桜の胸に刺《さ》さる。

『誰も愛せないより、よほど素晴らしい』

　舞桜は、誰も愛せないのだ。愛というものがよく分からない。

　好きなものはたくさんある。晴海や碧斗、キヌに賢吾に佐知、美術品鑑賞《かんしょう》に焼きたてのパン。寒い朝の澄《す》んだ空気も好きだし、親しい人達とわいわい騒《さわ》ぐ賑《にぎ》やかな空間も好きだ。

　でも、愛となると途端《とたん》に分からなくなる。愛って何だ。好きと何が違う？

　賢吾に聞いてみた時は、『その他全部を捨ててでも欲しいのが愛だ』と言われた。でも晴海に聞いた時には『全部を守りたくなるのが愛、かもな』と言われ、賢吾の母の京香《きょうか》には『殺してでも自分だけのものにしたいのが愛、かしらねえ』と言われた。あまりに統一性がなくて、聞けば聞くほど益々《ますます》分からなくなる。はっきり言ってお手上げだ。

　キヌに悪気がないことは分かっている。キヌはそもそも、ランドセルを渡《わた》されるはずだったあの日に別れてから再会するまでの舞桜の生活を知らない。舞桜は話すつもりがなかったし、キヌも聞いてはこなかった。

　けれど誰かを愛せないことは、自分に与《あた》えられた罰《ばつ》のような気がして。舞桜にとって重い十《じゅう》字架《じか》となっている。

「………」

また考え込んでしまって無言になった舞桜に、キヌは何を思ったのか慌《あわ》てて「ごめんなさい」と言った。

「出過ぎたことを言ったわね。忘れてちょうだい」

「え？　いえ、別にそんなことは……」

しまった。また気を遣《つか》わせてしまった。舞桜も慌てて違うと否定しようとしたが、その時ちょうど胸ポケットに入れていたスマホが鳴動する。動転しすぎて、マナーモードにすることすら忘れてしまっていたらしい。

「す、すみません」

とにかく切ろうとしてスマホを取り出すと、電話をかけてきていたのは晴海だった。どんな時でも晴海と賢吾の電話には出なければならない。中途半端《ちゅうとはんぱ》になってしまうキヌとの会話を気にしながらも、舞桜は病室を後にすることにした。

「また後で来ますから」

「気にしないで。それより、早く出ないと切れてしまうわ」

キヌに促《うなが》され、舞桜は早足で病室を出て、スマホの使用が許されている談話室まで急ぐ。震《ふる》え続けるスマホの通話ボタンをタップすると、もしもしという言葉もなく、単刀直入に問う声がした。

『何があった』

「すみません、佐知さんの警護を放《ほう》り出してしまって。すぐに戻《もど》ります」

舞桜は常に位置情報を捕捉《ほそく》させることができる発信機を身につけている。右手の中指に常につけている指輪がそうだ。佐知の警護のために佐知と舞桜の位置情報は常に把握《はあく》されていて、どちらかがあからさまに普段と違う行動をした場合、晴海に連絡されることになっている。

『何かあったんじゃないのか？　ちゃんと報告しなさい』

キヌの入院はあくまでも舞桜のプライベートなことだが、連絡もなしに佐知のもとを離《はな》れたのは舞桜の落ち度だ。報告を求められ、舞桜は正直に白状することにした。

「キヌさんが倒《たお》れたという連絡があって――」

『キヌさんが？　それで容体はどうなんだ』

すみません、と言う前に言葉を遮《さえぎ》られ、その上で話の続きを促される。晴海は忙しい。舞桜の謝罪を聞く時間の余裕などないのかもしれない。無駄《むだ》なことに時間を割《さ》かせる訳にはいかなくて、舞桜は謝罪を諦《あきら》め、簡潔に状況《じょうきょう》説明をする。

「意識はしっかりしています。病名などについては、これから担当医に聞きに行こうと思っています」

『そうか。夜に帰る。その時に容体を聞こう』

「分かりました」

『もし――』

『おい伊勢崎、さっさとしろ』

何かを言いかけた晴海の声を、賢吾の声が遮った。やはり、舞桜と話している時間の余裕はないらしい。

「報告は後ほど」

それだけ言って、通話をオフにする。

まずは佐知に電話をして、いきなり出て行ったことを謝らなければ。それから担当医のもとへ行ってキヌの容体を聞く。午後の診察《しんさつ》時間までに戻り、診察時間が終わったら碧斗のお迎《むか》えに行って、買い物をして帰宅。

夕飯は何にしようかと、冷蔵庫の中身を頭に思い浮《う》かべる。今夜は晴海が帰ってくる。意識がある晴海と夜を過ごすのは久しぶりだ。

晴海はキヌの容体を聞くために帰宅してくれるのだから不謹慎《ふきんしん》だとは分かっているが、一人で食べるご飯より、やはり二人で食べるご飯のほうが美味《おい》しい。いや、碧斗が一緒《いっしょ》だから三人か。

さっき落ちかけていた気分が、あっという間に浮上《ふじょう》した。晴海の存在は、それほど舞桜にとって大きい。

ふにゃりと口角を歪《ゆが》める自分の姿に心を奪《うば》われた人達がいたことも知らず、舞桜は晴海のことを思い浮かべながら廊下《ろうか》を歩き出した。

今にもスキップを踏《ふ》んでしまいそうになりながら。

言葉通り、晴海は夜に帰宅した。晴海にしては早すぎると思うぐらいの時間に。

「ぎっくり腰《ごし》？」

ネクタイに指を引っ掛《か》けて外しながら、晴海が眉間《みけん》に皺《しわ》を寄せた。別に不機嫌《ふきげん》になっている訳ではない。キヌのことを心配してくれているのだ。

「俺の落ち度です、すみません」

忙しさを言い訳にはできない。どんなに忙しくても、衣替《ころもが》えの時間を作ることぐらいはできたはずなのだ。晴海はどんなに忙しくても何でも完璧《かんぺき》にこなしているというのに、舞桜は本当に駄目な生徒だ。きっと晴海は呆《あき》れているに違《ちが》いないと思った。

舞桜の基準は、いつだって晴海だ。どんなに頑張《がんば》っても追いつけないと分かってはいるが、晴海の恩に報《むく》いる自分でありたいと願う。

昼に晴海と電話で話した時は、晴海が帰宅することを喜んだ舞桜だが、すぐに喜んでいる自分に気づいて自己嫌悪《けんお》した。

キヌは病気だし、晴海は忙しい。そんな状況で喜ぶなんて、自分は何て自己中心的な人間なのか。そもそも舞桜が何の報告もなく突然《とつぜん》医院を飛び出したから、晴海に連絡が入ってしまったのだ。舞桜が冷静に行動していたら晴海の手を煩《わずら》わせることもなかったし、こうしてわざわざ帰宅させることもなかった。そのことに気づいてしまうと、途端に申し訳なくなってしまった。

「それで？　碧斗はどうしたんだ？」

晴海の言葉に、はっと顔を上げる。また考え事をしてしまっていた。晴海の表情を窺《うかが》うと、駄目《だめ》な生徒を叱《しか》るような顔でこちらを見ている。

子供の頃《ころ》に一人で過ごすことが多かった舞桜は、時々自分が一人ではないことを忘れて思考の中に入り込んでしまう。今ではほとんどしなくなったが、以前はフリーズしたまま一時間、名前を呼んでも反応がなかったと晴海に呆れられたことがある。

「そ、そのことなんですけど、キヌさんは元々体の調子も悪かったので、これを機に色々精密検査をしてもらうことになって入院が長引きそうなんです」

キヌはこれまでにも数回入院をしているが、長くても一週間ほどで、その時は晴海の厚意《こうい》で碧斗をこの家に泊《と》めてもらっていた。だが今回は、検査の結果次第《しだい》ではもしかしたら二、三週間かかるかもしれないと、あの後会った担当医から言われたのだ。そう言われて、舞桜はこれもいい機会なのかも、と思った。

「だから、俺がこの家を出て碧斗と一緒に——」

「別にいつまでいても構わない。いつものようにここで一緒に住めばいい」

にべもなくそう言った晴海は、外したネクタイを舞桜に渡し、Yシャツの袖《そで》のボタンを外しながらバスルームへと向かう。この話は終わりとばかりに。

舞桜は慌《あわ》ててその後ろをついて行き、晴海が脱《ぬ》ぎ捨てたYシャツを受け取る。それから、キヌの担当医に会ってからずっと考えていたことを口に出した。

「そ、そうじゃなくて、あの……っ、年齢《ねんれい》も年齢ですから、もし手術をすることになったらリハビリをする必要があるかもしれませんし、俺、キヌさんの近所に引っ越《こ》そうかなと」

そろそろ自立しなければいけない。晴海の身の回りの世話をするようにというのが賢吾の最初の命令だったが、それが常識も何もない舞桜の教育のためだったと知っている。

本来、晴海は自分で何でもできるし、舞桜が世話をしなくても、東雲邸《てい》に住めば組員達がいる。だから晴海は、ようやく舞桜の世話から解放されることに内心でほっとしながら、それでもいつも通りに顔には出さずに分かったと言ってくれるだろうと思っていた。

けれど。

「分かった。なら引っ越そう。俺の荷物は適当に段ボール箱に詰《つ》めておいてくれ」

晴海の返答は、予想外のものだった。

「え？　いや、俺が引っ越そうと思ってるだけで……」

晴海さんと一緒に引っ越すつもりじゃないんです。その言葉を呑み込んだのは、晴海にじろっと睨《にら》まれたからだ。

「何だ、まだ決定事項《じこう》じゃないのか。まあ、キヌさんの状況によっては、キヌさんと碧斗も一緒に住めるところがいいかもしれないな。退院後にどうするか、ある程度把握ができたところで報告しなさい」

「あ、はい」

○○しなさい、と言われると、教師と生徒の関係だった頃の名残《なごり》で反射的に返事をしてしまう。舞桜は目をぱちくりとさせながら、バスルームへと入っていった晴海の背中を見送った。

「晴海さんも、来てくれるんだ……」

舞桜は自分だけが引っ越すつもりだったのに、ごく当たり前に一緒に引っ越すつもりでいた晴海がおかしくて、思わずくすくす笑ってしまう。

「しかも晴海さん、キヌさんと碧斗とも住む気なのかな？」

何て懐《ふところ》の広い人なんだろう。実際にそこまで晴海に迷惑《めいわく》をかける訳にはいかないが、晴海はすっかり舞桜の親になったつもりでいるのかもしれない。

今日は晴海に引っ越しの報告をするつもりだったので、佐知に頼《たの》んで急遽《きゅうきょ》碧斗を東雲邸で預かってもらっていた。明日《あした》からはとりあえず最低限の荷物だけを持ってキヌの家に居候《いそうろう》させてもらい、その間に家を探すつもりだったのに。

「ふふ、晴海さん、律義《りちぎ》なんだもんなあ」

舞桜が賢吾に拾われたあの日、賢吾のすぐ後に現れた晴海が言った言葉を思い出す。

賢吾は舞桜を救ってくれた神様みたいな人だけれど、あの日舞桜が全《すべ》てをゆだねようと決めたのは、晴海の言葉があったからだ。

いきなり現れた見ず知らずの男に『助けてやる』と言われた舞桜は最初、ぶんぶんと首を振《ふ》って断った。だって自分には何も渡《わた》せるものがない。たとえ飴玉一粒《あめだまひとつぶ》だと言われても、引き換《か》えにできるものを用意できなかった。

そんな舞桜に、賢吾は『別に何もいらない』と何度も言ってくれたが、何の見返りも求められないことも恐《おそ》ろしく、舞桜はただひたすらに首を振り続けた。

きっとこれは母に試《ため》されているのだ。もし舞桜が頷《うなず》けば、あの扉《とびら》の陰《かげ》から母が出てきて、よくも裏切ろうとしたわね、と言われて殴《なぐ》られる。

舞桜が想像した途端《とたん》、物置の扉の陰から誰《だれ》かが現れた。ほら、やっぱり。

そう思って顔を上げた舞桜が見たのは、怒《おこ》ったような晴海の顔だった。

『ずっとこんなところにいるつもりか？』

『……ぼくのいばしょはここだと、おかあさまからきいてます』

『違う。こんなところが居場所な訳がないだろう。君はどこへでも行ける』

この人は何を言っているんだろう。舞桜には不思議で仕方がなかった。舞桜の居場所はこの物置だ。これからもずっと。だってお母さまがそう言ったから。

『聞き方を変えよう。ずっとここにいたいのか？』

あの時のことは今でもはっきり覚えている。晴海にそう言われた瞬間《しゅんかん》、雷《かみなり》に打たれたかと思うぐらいの衝撃《しょうげき》を感じたから。

ここにいたいのか？　いたいとかいたくないとか、考えたことがなかった。だって自分はずっとここで生きていくのが当然のことだと思っていたから。

『…………』

返答に困る。初めて、自分の気持ちについて考えた。これまでは母の言うことに従うだけだった舞桜にとって、あれが本当に、生まれて初めての選択《せんたく》だったのだと思う。

この場所にいる。

毎日家中をぴかぴかに磨《みが》いて、井戸《いど》から汲《く》んだ水で洗濯《せんたく》をする。冬は水が冷たくてあかぎれができるけど、全部ちゃんと完璧にやればパンが一枚もらえる。暗くなったら物置で寝《ね》る。真っ暗だけど、寒い時は野良猫《のらねこ》のみゃあちゃんが一緒《いっしょ》に寝てくれるから寂《さび》しくない。

この場所にいない。

何をしても、パンをくれる人がいない。夜になって寝られる場所もない。寒い時に一緒に寝てくれるみゃあちゃんだって……

『俺がいる』

この場所にいられなくなったら何もない。そう考えてぞっとした舞桜の心を読んだように、あの時晴海はそう言った。そうして、あかぎれだらけの舞桜の手を両手で包み込んだのだ。その手の温かさを、舞桜は今も忘れていない。

『こんなにあかぎれだらけの手にならなくても、生きていける術《すべ》を君に全部教えよう。お腹《なか》が空《す》くなら俺がどんな料理でも食べさせてやる。絶対に一人で放《ほう》り出したりしない。いつだって俺が君と一緒だ。君のしたいこと全て、俺が叶《かな》えてみせる』

『いっしょ……？』

父と母が喧嘩《けんか》して、母が実家に戻《もど》るまでは、舞桜だって一人じゃなかったのだ。いつだってそばには母がいて、望めば抱《だ》っこだってしてもらえた。

けれど、二人で母の実家に戻ることになってから、母との関係はすっかり変わってしまった。あの家では、誰も舞桜を見ない。初めの頃は舞桜を見ていた母の視線も、いつしかこちらを見なくなった。自らの罪から目を逸《そ》らすように。

母の家族に、舞桜は家族だと認めてもらえなかったのだろう。舞桜という罪の象徴《しょうちょう》を連れ帰った母に、家族の目は冷たかった。今なら、あの頃の母は自分の居場所を作るために必死だったのだろうと理解できる。理解することと許すことは同義ではないが。

舞桜は、ひとりぼっちだった。晴海の言葉を聞いて、舞桜はあの時改めてそのことを思い知らされたのだ。

母に抱っこされた時の温《ぬく》もりの記憶《きおく》は、舞桜にとっては、唯一《ゆいいつ》の幸せな思い出。実家で世話になり始めてからはなるべく家族の視界に入るなと言われていたので、話し相手はみゃあちゃんだけになった。

『はるみさまには、ぼくがずっとみえるんですか？　みえなくなっちゃったりしませんか？』

あの頃の舞桜は自分のことを、見えたり見えなかったりする幽霊《ゆうれい》のような存在だと思っていた。いないものとして扱《あつか》われていただけだということを、理解できていなかったのだ。

舞桜の質問に、晴海と賢吾が顔を顰《しか》め、舞桜はしまったと思った。当たり前のことを聞いてしまった。けれど今なら分かる。あの時、賢吾と晴海は舞桜を可哀想《かわいそう》だと思ったのだと。

『君の人生を、丸ごと俺にくれ』

晴海は、体ばかり大きくて中身は小さな子供のままの舞桜の両肩《りょうかた》を掴《つか》み、これまで見た誰よりも真剣《しんけん》な顔で言った。

『俺の目には君がちゃんと映っている。これからも、ずっと君を見ていたい』

その時、舞桜は決めたのだ。

丸ごともらってくれるなら、この人についていこう、と。

今考えてみれば、あの時賢吾と晴海の中にあったのは可哀想な子供への同情でしかないのだが、舞桜はそんなことに気づいてもいなかった。

ただ、誰かが自分をくれと言うなんて、奇跡《きせき》みたいなことに思えた。

母は舞桜の顔を見るたびに『あんたを産んだばっかりに』と嘆《なげ》いていたから、誰かが舞桜をもらってくれたら喜ぶと思った。ずっと気づかなかったけれど、舞桜がいなくなれば、きっと母は幸せになれるのだ。それはとても名案に思えた。

そうして、舞桜は晴海に全部をもらってもらうことにしたのだ。

その日の夜、どろどろの姿で晴海の家に連れていかれた舞桜は、『ちゃんと言われた通りにやるんだぞ?』と賢吾に唆《そそのか》され、意味も知らずに『ふつつかものですが、いくひさしくよろしくおねがいします』と晴海に土下座して、『誰の入れ知恵《ぢえ》だ? 東雲先輩《せんぱい》に決まってるな。いいか? 今度からあの人が何かを頼んでも、実行する前にちゃんと俺に確認《かくにん》するように』と晴海を大いに怒らせた。

その時のことを思い出し、またくすくすと笑う。賢吾は昔から冗談《じょうだん》が好きだった。

佐知には絶対に言えないが、実は賢吾と一緒に寝たこともある。晴海のもとへ来てからずっと晴海と寝ていたので、晴海が泊《と》まりで仕事をしに行かなければならなくなった時に寂《さみ》しがっていたら、ふらっと賢吾が来てくれたのだ。

『俺は佐知以外に興味はねえが、伊勢崎がいない間にお前に何かあったら困るからな。お前が夜泣きしねえように、添《そ》い寝ぐらいはしてやる』

そう言って一緒に寝てくれたのだが、思ったより早く仕事が終わったらしく、泊まりのはずだった晴海が夜中のうちに戻ってきた。

『何を、しているんですか……？』

その日はとても暑くて、当時、エアコンというものが理解できなくて怖《こわ》がっていた舞桜を気《き》遣《づか》って、エアコンもつけずに窓を開けて寝ていた賢吾は、上半身が裸《はだか》だった。腰《こし》から下はタオルケットをかけていたので、全裸《ぜんら》に見えたのかもしれない。

その時の舞桜には晴海が何故《なぜ》怒っているのか理解できなかったが、賢吾にはすぐに分かったようだった。

『お前がいない間、ちょっと可愛《かわい》がってやってただけじゃねえか。可愛い声で泣くんだな、こいつ』

賢吾が来てくれたというのに、晴海がいない寂しさでちょっとだけ泣いたことをからかわれ、舞桜は真っ赤になった顔を慌《あわ》ててタオルケットに隠《かく》した。だから表情は見逃《みのが》してしまったが、あの時の晴海の声の恐ろしさは、ちょっと言葉にできないほどだった。

『東雲先輩、殺される覚悟《かくご》はできているんでしょうね？』

晴海と賢吾にとって、体は大きくても、舞桜は小さな子供と同じだった。保護者として舞桜を慈《いつく》しんでくれた晴海が、まるで本当の親のように舞桜のことで怒ってくれたことが、本当に嬉《うれ》しかったのを覚えている。

あの頃《ころ》からずっと変わらず、晴海は舞桜の保護者だ。いつまでもこのままではいけないとは知りながら、晴海に大事に保護されるのは心地《ここち》よく、ずっと舞桜はこの状況《じょうきょう》に甘えてしまっている。そろそろ晴海を解放しなければならないと、分かってはいるのだけれど。

「えー、まおとみゃあちゃんだけじゃないのー？」

リビングに入るなり、ソファで新聞を読んでいる晴海を発見した碧斗ががっかりした声を出す。保育園からの帰りに一応説明はしたから、これがわざと晴海に向けられた言葉だと分かっている。舞桜は苦笑《くしょう》をして、晴海の反応を待った。

「当てが外れて残念だったな。何なら、夜も一緒に寝てやろうか？」

晴海は新聞を畳《たた》みながら、碧斗ににやりとした笑《え》みを見せた。こう見えて、晴海は碧斗を気に入っている。何だかんだ言いつつも、碧斗だって何かがあった時には晴海のことを頼《たよ》りにしていた。晴海は出張の時に必ず碧斗に土産《みやげ》を買ってくるし、キヌが以前ぎっくり腰《ごし》になった時、資格試験中で電話に出られない舞桜の代わりに碧斗が電話をかけた相手も晴海だった。

この二人は、素直《すなお》じゃないところが大変よく似ている。こういうやり取りは最早《もはや》日常の一場面だった。

「おっさんとねるなんてぜったいやだね。ほんとさぎだよなあ。ふみといっしょにいるときはあんなにれいぎただしいのに、じっさいはいんけんめがねなんだもんなあ」

「陰険《いんけん》メガネ……!?　誰《だれ》からそんな言葉を聞いたの!?」

二人が言い合うのはいつものことだが、陰険メガネという言葉にはさすがにぎょっとした。子供というのはすぐに悪い言葉を覚えてしまう。一体誰が碧斗にそんな言葉を——

「ふみのぱぱ」

「…………」

あ、晴海さんが賢吾さんを呪《のろ》い殺しそうな顔してる。

「あ、そうだ！　俺、晴海さんの大好きなシフォンケーキを作ったんです。今すぐお持ちしますね」

舞桜はわざとらしく手をぱんと叩《たた》き、冷蔵庫にシフォンケーキを取りに行った。二切れ切り分けてそれぞれ皿に載《の》せ、フォークを添えて碧斗と晴海に手《て》渡《わた》す。

「ほら、碧斗の分もあるから、ちゃんと座って食べて」

「はーい」

シフォンケーキが好きなのは晴海だけではない。好物の前の保育園児など赤子の手を捻《ひね》るようなもので、碧斗は晴海に喧嘩を売っていたことなどころっと忘れて、素直に晴海の隣《となり》に腰を下ろした。

「何だかんだ言って、すぐ俺のそばに寄ってくるじゃないか」

「そふぁはみんなのものなんだよ、おっさんしらなかったのか？」

「くそガキ」

「わかさにしっとすんなよ、おっさん」

　言葉とは裏腹に仲良く座ってシフォンケーキを食べている二人を見ていると、腹筋が引きつりそうになる。ただ、碧斗の口の悪さだけは最近の懸案事項《けんあんじこう》だ。晴海とこうして言い合いをするようになって碧斗の語彙《ごい》が加速度的に増えたのは、いい事なのか悪い事なのか。

「舞桜」

「はい」

　名を呼ばれ、冷蔵庫に作り置いていたアイスコーヒーを取りに行く。グラスに先に牛乳を注いでから、アイスコーヒーで割る。普段《ふだん》はブラックコーヒーを好む晴海なのだが、シフォンケーキを食べる時だけはこれと決まっていた。

「どうぞ」

　碧斗のために入れたりんごジュースと共に晴海の前に置くと、晴海がそれを当たり前の顔で飲む。それを見た碧斗が口を尖《とが》らせた。

「しののめけごっこみたい」

「え？」

「さちとふみのぱぱがいつもやってるってふみがいってた。ふみのぱぱがおいっていうだけでさちがしょうゆとかわたすやつ。ふみがなんでわかるのってきいたら、ふみのぱぱがあいしあってるからだっていってたって」

「ああ、コーヒーのこと？　あれは――」

「君の入る隙《すき》は微塵《みじん》もない。悔《くや》しいだろう」

舞桜の言葉を遮《さえぎ》って、晴海が碧斗に勝ち誇《ほこ》った笑みを向ける。またそんなことを言って。晴海はすぐに碧斗をからかいたがるのだ。

「きもちわるいかおすんなよ、はるみ」

「こら、碧斗！　晴海、なんて呼び捨てにしちゃ駄目《だめ》でしょう？」

少し前まではちゃんと伊勢崎さんと言っていたはずなのに。舞桜は慌てて碧斗に言い聞かせようとしたが、碧斗は知らん顔だ。

「だっていせざきっていいにくいもん。それにはるみがいいっていった」

「晴海さん！　碧斗を甘やかしちゃ駄目ですよ！」

いつの間にそんな話をしていたのか。晴海は時々史のお迎《むか》えで保育園に顔を出しているし、休みの日に碧斗が東雲家へ遊びに行ったりしているので、二人は舞桜の知らないところでよく顔を合わせているのだ。

「敬われてもいないのに、表面上だけさん付けされても鳥肌《とりはだ》が立つだけだからな」

「けど……っ」

「ふみとかさちのまえではちゃんといせざきさんってよべばいいんだろ？　それぐらいわかってるって」

碧斗には、舞桜が晴海の身の回りの世話をしていることと、佐知の警護をしていることを話している。それは賢吾が史を引き取る前の話で、まさか碧斗が佐知や史とかかわりを持つようになるとは思わなかったからだ。

史が碧斗と同じ保育園に行くことになった時に、晴海のことは知らないふりをしていて欲しいと頼《たの》んだら、碧斗は『まおのしごとのためだからしょうがないな』と約束してくれた。その約束は今も守ってくれているが、相手は子供だ。名前をその都度呼び変えるなんて器用なことを上手《うま》くやり続けられるとは思えない。

「碧斗、晴海さんに失礼だから、ちゃんと伊勢崎さんって呼びなさい」

「まおだってはるみってよんでるじゃん。まお、あんまりおこってばっかだとびょうきになるぞ？　みゃあちゃん、あっちにいっていっしょにあそぼうぜ！」

「碧斗！」

舞桜が怒《おこ》っても知らん顔で、碧斗はねこじゃらしを持って舞桜の部屋へと走っていく。尻尾《しっぽ》をぴょこぴょこさせながら、その後ろをみゃあちゃんがついていった。

「もう！」

碧斗のやつ！　舞桜がぷんすかしていると、くくっと笑う声が聞こえる。晴海だ。

「どうして笑ってるんですか？」

「いや、碧斗がいると賑《にぎ》やかだなと思って」

「あ、すみません！　うるさかったですよね？　俺達、ちゃんと静かにしておくので、お仕事してくださいね」

碧斗は晴海に対して遠慮《えんりょ》がない。子供というものは本来そうであるらしいが、舞桜は毎回ドキドキしてしまう。晴海が怒ると思っている訳ではないが、あまり失礼なことがあってはいけない。

珍《めずら》しいことに、今日は晴海が夕方から家にいる。とはいっても、テーブルの上には何やら書類が山積みになっているから、きっと忙《いそが》しいはずなのだ。

「今日は、若に仕事を全部押しつけてきたから気にしなくていい」

「そんなことして、いいんですか？」

「普段こき使われているからな。あまり調子に乗られても困るから、たまにはいいんだ」

晴海がふんと鼻を鳴らす。主従関係とは思えない態度だが、賢吾と晴海はずっとこうなので今更《いまさら》気にならない。それどころか、いいな、と思ったりもする。

「晴海さんと賢吾さん、似てないようで時々似てますよね」

途《と》端《たん》に晴海が嫌《いや》そうな顔をした。賢吾のことを好きなくせに、晴海は比べられることをことのほか嫌がる。その理由に、舞桜は何となく気づいていた。絶対に言葉にしたりはしないが。

「俺は、あの人のように後先考えずに行動するタイプじゃない」

「賢吾さん、いつもはわりと計画的なのに、佐知さんが絡《から》むと途端に猪突猛進《ちょとつもうしん》になりますからねえ」

佐知に対しても、外堀《そとぼり》からじわじわと埋《う》めていった部分はもちろんある。だが賢吾は突発《とっぱつ》的に佐知に何かが起きると、普段の冷静さや緻密《ちみつ》さを放《ほう》り出し、何もかもを犠牲《ぎせい》にしてでも佐知を助けようとしてしまうところがあった。

それが佐知への気持ちゆえだと分かっているので、むしろ舞桜はそんな賢吾を微笑《ほほえ》ましく思っているが、そのたびに尻拭《しりぬぐ》いをする晴海からしてみれば、決して微笑ましいなんて感想を持てないだろうというのは分かる。

それに……晴海はたぶん、佐知のことを憎《にく》からず思っている。だから余計に賢吾と比べられたくないのだろう。

晴海の恋心《こいごころ》について、聞いてみたことはない。だが一度だけ、珍しく酔《よ》って帰ってきた晴海が言ったのだ。

『本当に腹が立つ。佐知さんはあんな男のどこがいいんだ』

あれはたぶん、舞桜に話しかけたつもりもなく、ただのひとりごとだった。その言葉だけを残して晴海はソファで眠《ねむ》り込んでしまい、話の続きを聞くこともなかった。

だが、それで腑《ふ》に落ちたのだ。晴海がどうして舞桜のような何もない者に、一から根気よく色んなことを教えてくれたのか。

字も書けなかった舞桜に勉強をさせ、高卒認定《にんてい》を取らせ、看護学校へ行かせる。それは並大《なみたい》抵《てい》の努力でできることではない。

　自分が佐知を守るために教育されていることは分かっていた。それをありがたいとも思っていた。お陰《かげ》で何もなかった舞桜には過分なほどの生活を与《あた》えてもらえたから。

けれど晴海の思いに気づいた途端、舞桜の胸はきゅうっと苦しくなった。賢吾は、晴海の気持ちを知った上で、晴海に舞桜の教育をさせたのだろうか。

「目の前に俺がいるのに、自分の世界に入るのはやめてくれないか。眼中にないと言われているようで、いささか傷つく」

「え？　あ、すみません！」

　また、思考の世界に沈《しず》んでしまっていた。舞桜がぽんと頬《ほお》を叩《たた》くと、晴海の手がぽんぽんと隣《となり》の席を叩いた。座りなさいと促《うなが》されているのを察し、隣に腰《こし》を下ろす。

「一人で考えに耽《ふけ》るより、何でも俺に話せと言っているだろう？　君はもう一人じゃないんだから」

「今のはただ、賢吾さんが佐知さんのためにやった無《む》茶《ちゃ》を色々思い出していただけで、特に何かを考えていた訳じゃないんです」

　あなたのことを考えていましたなんて、本当のことを言える訳がない。晴海は舞桜に心配などされたくないはずだ。

「ああ、確かに……あの人は本当にいつも無茶ばかりしてくれるからな」

これまでの賢吾の無茶の数々を思い出したのか、晴海がうんざりした顔でソファの背に体を預けた。いつもはしっかりとセットされている髪《かみ》が重力に従ってさらりと流れ、晴海の額が露《あら》わになる。

「でも、賢吾さんの無茶に応《こた》えている時の晴海さん、結構楽しそうですよね」

「馬鹿《ばか》を言うな。誰《だれ》が好き好んであんな我が儘《まま》大王に仕えたいものか」

「ふふ、素直《すなお》じゃないですね、晴海さん。じゃあ、どうして賢吾さんに仕えてるんですか？」

「……あの人には、返しきれない恩義がある」

「え？」

冗談《じょうだん》のつもりだったのに、隣から不意に真面目《まじめ》な声が返ってきて、舞桜は驚《おどろ》いた顔を晴海に向けた。

「俺の全部を差し出してでも叶《かな》えたい願いを、あの人が叶えてくれたんだ」

背もたれに体を預けたままの晴海が頭を動かし、顔だけをこちらに向ける。至近距離《きょより》で強い視線がぶつかり、訳も分からないまままさりげなく視線を外した。……この程度の距離感で話すことはよくあるはずなのに、今は何故《なぜ》だか落ち着かない。

「まあ、願いを叶えてくれたのが悪魔《あくま》じゃなかっただけましだな」

晴海の視線がふっと舞桜から外れる。金縛《かなしば》りが解けたみたいに体から力が抜《ぬ》けた。

晴海さんの願いって何だったんですか？　気にはなったが、聞ける雰囲気《ふんいき》ではなかった。何でもできるように見える晴海にも、自分で叶えられない願いがあるんだなと、舞桜は顔には出さずに内心で思う。

それよりも、舞桜にとって重要なことがある。

「恩義を返したら、賢吾さんに仕えるのをやめちゃうんですか？」

そうしたら、晴海はもう、舞桜に色んなことを教えてくれなくなる？

「俺があの人に感じている恩義は、一生をかけても返せるものじゃないんだ。悔《くや》しいが、な」

「そう、ですか」

口元が綻《ほころ》んでしまったのが、自分でも分かった。

「俺があの人にこき使われるのがそんなに嬉《うれ》しいのか？」

呆《あき》れ顔の晴海に、舞桜は慌《あわ》てて首を振《ふ》る。そんなつもりじゃなかった。全然。でも今のはそういう誤解をされても仕方がない態度だ。

「晴海さんがこき使われるのが嬉しいだなんて、全然思ってないですよ？　でも、俺は賢吾さんに拾われた身な訳ですし」

「…………」

「このまま晴海さんがずっと賢吾さんにこき使われててくれたら、俺もずっと晴海さんといられるなって思ってしまって……自分勝手な願望ですみません」

「舞桜は、俺とずっと一緒《いっしょ》にいたいのか？」

晴海の家を出て暮らそうと思うと伝えたのは昨日のことだ。昨日の今日で何を言っているのかと思われると、舞桜は言葉を訂正《ていせい》する。

「あ、いえ、今のは言葉のあやで……近くにいられるというか、うーん、何て言えばいいのかな……？」

「あ、そうです、そんな感じです。俺がここを引っ越《こ》した後も――」

「俺と会えなくなるのは嫌だ、と？」

「君が引っ越す時は俺も引っ越すと言ったはずだ」

晴海に睨《にら》まれ、舞桜は小さく「でも……」と呟《つぶや》く。

「いつまでも、晴海さんに先生をしてもらう訳にはいかないじゃないですか」

「…………」

「俺がいつまでたっても頼《たよ》りないのは分かってますけど、いつかは独り立ちしなくちゃいけない訳ですし」

「誰がそんなことを言ったんだ」

「え？　いや、別に誰かに言われた訳じゃないですけど」

晴海にだってプライベートな時間は必要だ。もしかしたら晴海は他《ほか》にも別宅を持っているのかもしれないが、晴海の生活のほとんどは東雲邸《てい》かこの家で、一人になれる時間というものがほぼないと推察された。

「君は誤解している」

「誤解、ですか？」

「俺は、こう見えて寂《さび》しがり屋だ」

ソファの背もたれにふんぞり返って座りながら言われても、まったく説得力を感じない。舞桜は目を瞬《またた》かせて、とりあえず晴海の話の続きを聞くことにした。

「そんな俺に、一人で暮らせと言うのか？　帰っても、出迎《でむか》えてくれる君がいない。そんな生活をしろと？　俺が寂しくて死んだら、どう責任を取るつもりなんだ」

晴海はまるで恫喝《どうかつ》のように声を低めたが、言っていることは冗談としか思えない。反応に困った舞桜が曖昧《あいまい》に笑うと、片手でぎゅっと頬を摘《つ》まれた。

「笑っている場合か。真剣《しんけん》に聞きなさい」

「え、これって真剣な話なんですか？」

「当たり前だ。いいか、ちゃんと肝《きも》に銘《めい》じろ。俺は寂しいと死んでしまうんだ。一人にするなんて言語道断だ」

「は、はい……」

晴海はあくまで真顔だったが、舞桜は何だかおかしくなってくる。寂しいと死んでしまうだなんて、まるでうさぎみたいだ。晴海を動物にたとえるなら、どう考えても食物連鎖《れんさ》の上位に位置する生き物のはずなのに。

「勝手に家を出ていこうとしても無駄《むだ》だからな。責任を持って最後まで面倒《めんどう》を見ろ」

「ふふ、分かりました」

晴海は時々、ものすごく面白《おもしろ》い。キヌと碧斗の世話をしようとする舞桜に罪悪感を持たせないためなのだろうが、まさか、責任を持って最後まで面倒を見ろ、だなんて、自分を飼い犬みたいに表現するとは。

「晴海さんが居心地《いごこち》よく過ごせるように、これからも頑張《がんば》りますね」

せっかくの晴海の厚意《こうい》を、いつまでも断り続けるのは失礼だ。晴海がそうしたいなら、それに従うのが舞桜である。

舞桜が笑顔《えがお》を見せると、晴海はやっとこの話が終わったとばかりに立ち上がった。

「そろそろ碧斗の電池が切れた頃《ころ》だろう。ちょっと見てくる」

「あ、そういえば……」

晴海の言葉を肯定《こうてい》するように、みゃあちゃんが一匹《ぴき》でリビングに戻《もど》ってくる。

「みゃあ」

「碧斗、寝《ね》ちゃったみたいですね。まだお風呂《ふろ》にも入ってないのに」

「ベッドに連れていってくる。いくら慣れているとはいっても、キヌさんが入院したと聞いて少し緊張《きんちょう》したんだろう。夕飯まで少しだけ寝かせてやれ」

晴海はやはり目端《めはし》が利《き》く。目の前のことしか見えていない舞桜とは全然違《ちが》う。舞桜は目の前で見ている人の機嫌《きげん》は分かるけれど、相手の感情を想像して慮《おもんぱか》ることが苦手だ。補うために心理学を勉強したりしてみたけれど、こればっかりはどんなに勉強しても真に理解することはできなかった。

「ありがとうございます」

去っていく晴海の背中を見送る。自分の駄目《だめ》さ加減にため息を吐《つ》きそうになっていると、入れ替《か》わりにみゃあちゃんがソファに登ってきた。

「みゃあちゃん、ご苦労様。いつもありがとうね」

よしよしと頭を撫《な》でると、ごろごろと喉《のど》を鳴らす振動《しんどう》が伝わってくる。綺麗《きれい》な毛並みを堪能《たんのう》したくて指先で背中のラインを撫でると、尻尾《しっぽ》がひくひくと動いて、またみゃあちゃんが「みゃあん」と鳴いた。

みゃあちゃんは、碧斗が来るようになるよりも前からここに住んでいる。みゃあちゃん的には碧斗の兄のような気持ちでいるらしく、碧斗が来るとよくそばをついて回っていた。猫《ねこ》にも人の上下関係がちゃんと分かるようで、みゃあちゃんは晴海と賢吾の言う事はよく聞く。だが、みゃあちゃんが甘えるのは舞桜にだけだ。そういうところがたまらなく可愛《かわい》い。

みゃあちゃんは、舞桜にとって唯一《ゆいいつ》の家族である。キヌと碧斗に関しては、自分にそんなことを言う権利がないことは分かっていた。

「みゃあちゃんがこんなに美猫になるなんて、あの時は思いもしなかったなあ」

初めて会った時のみゃあちゃんの姿を思い出して、舞桜の顔に苦笑《くしょう》が浮《う》かぶ。あの時はお互《たが》いずぶ濡《ぬ》れで、本当にひどい姿だった。

みゃあちゃんとの出会いは偶然《ぐうぜん》だった。天候が荒《あ》れ、空からホースで水を撒《ま》かれているのでは？　と思うぐらいに土砂降《どしゃぶ》りだった日のことだ。

その日、舞桜は帰るのが遅《おそ》くなって家路を急いでいた。傘《かさ》も差さずに走っていた舞桜が足を止めたのは、目の前の信号が赤になったからで、信号機を眺《なが》めながら青になるのを今か今かと待っていた。

その時だ。ノイズのような激しい雨音の中に、小さく異質な音が交じった気がしたのだ。濡れそぼった前髪《まえがみ》を掻《か》き上げ、辺りをきょろきょろと見回すが音の正体は分からない。気のせいか、と思った。だが信号機に視線を戻しかけた時、今度は先ほどよりもはっきりと音が聞こえ、同時にその正体が分かった。

『みゃあ……』

猫だ。か細くはあるけれど、しっかりと舞桜の耳に届いた。鳴き声の出所を探す。ざあっという雨音にかき消されそうになりながらも、その声は必死に生きたいと訴《うった》えているように聞こえた。

『いた！』

排水溝《はいすいこう》を覗《のぞ》き、音の発生源を特定する。鳴いていたのは、泥《どろ》だらけでがりがりのみすぼらしい子猫《こねこ》だった。

自分をじっと見上げてくる子猫と、物置にいた頃の自分がダブった。みっともない姿で、それでもちゃんと生きている。手を差し伸《の》べると、子猫は自分から舞桜の手に寄ってきた。

その子猫を胸に抱《だ》き、辺りを探し回る。だが子猫はその一匹しかいなかった。この雨で母猫とはぐれてしまったのかもしれない。そう思い、腕《うで》の中の子猫の頭を指で撫でてから、舞桜ははっとあることに気づいて固まった。

これから、この子をどうしよう。

助けてやりたいが、舞桜自身、晴海の家に居候《いそうろう》の身だ。誰《だれ》か飼ってくれそうな人……と考えてみたが、当時の舞桜はまだ看護学校に通い始めたばかりで、知り合いらしい知り合いもほとんどいなかった。舞桜の知る人と言えば、晴海か賢吾か、あとはよく行くスーパーの店員と晴海のマンションの住人ぐらいだ。晴海と賢吾は動物を愛《め》でるタイプではないし、他の人とはそんなお願いができるほど親しくはなかった。

『どうしようかな……』

とりあえず、もうすでに閉店している店の軒先《のきさき》で雨宿りする。着ていたパーカーを脱《ぬ》ぎ、その下のまだかろうじて濡れていなかったTシャツを脱いで子猫を包《くる》んで温めた。片手で子猫を抱いたまま、もう一度濡れたパーカーを着直していると、腕の中の子猫がじっと自分を見つめているのに気づいた。

『大丈夫《だいじょうぶ》。一人になんかしないから』

一人の寂しさは、いやというほど知っている。この子猫をまたひとりぼっちにするという選《せん》択肢《たくし》は、舞桜にはなかった。

とにかく、いつまでもびしょ濡れのままでは風邪《かぜ》を引く。ペット同伴《どうはん》で泊《と》まれる場所はないだろうかと考えていたら、背負っていたリュックに入れっぱなしだった携帯《けいたい》が音を立てた。

『あ、晴海さん！　連絡《れんらく》するのを忘れてた！』

慌《あわ》ててリュックを下に落とし、ごそごそと携帯を取り出して片手で操作する。

【そこで何をしているんだ】

通話ボタンを押した途端《とたん》、もしもしと言う暇《ひま》もなく晴海の声が聞こえてきた。

『す、すみません、連絡が遅《おく》れて……俺、今日はちょっと授業で分からないことがあって、友人の家に泊まらせてもらおうかなと――』

とっさに嘘を吐いてその場をやり過ごそうとしたが、最後まで言わせずに晴海の言葉が被《かぶ》る。

『ほう。君は猫の友人の家に泊まらせてもらうのか？』

『え？』

声が近い。ぱっと振《ふ》り向くと、すぐ近くに傘を差した晴海の姿があった。片手にはバスタオルを抱《かか》えている。

『俺に嘘《うそ》を吐こうとはいい度胸だな、舞桜』

『は、晴海さん……』

晴海はネクタイをしておらず、Yシャツの首元のボタンも外していた。すでに家に帰って寛《くつろ》ぎ始めていたに違いない。それなのにどうしてここにいるのか。舞桜が疑問を口にする暇もなく、晴海は舞桜の腕の中の猫を指差した。

『君が面倒を見るなら好きにしろ』

『……え？』

『どうする？』

『……飼って、くれるんですか？』

『勘違《かんちが》いするな。飼うのは君だ。俺はただ、君が世話をするならうちに置いてやってもいいと言っているだけだ』

晴海は持っていたバスタオルをばさっと舞桜の頭にかけ、傘の所有権の半分を譲《ゆず》ってくれながら舞桜の顔を覗き込んだ。

『濡れたままでは風邪を引く。早く決めなさい』

『じゃ、じゃあ……飼い、ます』

『よし。じゃあまずは家に帰って君達は風呂に入れ。その間に俺がペットショップに行ってきてやる』

『晴海さんにそこまでさせる訳には――』

『飼うのは君だが、俺にも気が向いた時に可愛がる権利はあるはずだ。何事も最初が肝心《かんじん》だからな。最初に餌《えさ》を与《あた》えておけば、彼も俺に恩を感じることだろう』

そうして、みゃあちゃんは舞桜の家族になった。動物を飼ったことなどなかった舞桜にとってみゃあちゃんを育てることは大変だったが、ご飯を欲しがって必死に自分にアピールするみゃあちゃんの姿を見ていると、必要とされていると感じて嬉《うれ》しかった。

あまりに嬉しすぎてちょっとご飯をやりすぎ、しばらくみゃあちゃんをダイエットさせることになってしまったのは申し訳なかったが。今はあの時の失敗をちゃんと生かし、みゃあちゃんの体調管理には力を入れている。

「みゃあちゃん、今日のご飯はささみだよ？」

「みゃあ」

ありがとう、というように、みゃあちゃんが舞桜の腕に頭を擦《こす》りつけてきた。よしよしと喉《のど》を指で擦ってやり、目の前のみゃあちゃんとは別のみゃあちゃんのことを思い出す。

あの物置で寒さをやわらげてくれていたみゃあちゃんとは、あそこを出てから一度も会っていない。急に舞桜がいなくなって、みゃあちゃんはどう思っただろうか。一匹《ぴき》で、あの寒さの中で過ごしていたのだろうか。

「贅沢《ぜいたく》だなあ、俺」

あの頃《ころ》のことを思い出すと、今の生活は本当に夢のようだ。安心して眠《ねむ》れる家と、一緒《いっしょ》にいてくれる人がいる。自分にそんな未来が来るなんて、想像もしていなかったのに。

でも、幸せすぎると不安になる。こんな幸せがいつまでも続くはずがない、と。

舞桜にできるのは、ほんの少しでも長くこの幸せの中にいられるように、努力することだけなのだ。


「それで、おばあさんの様子はどうなんだ？」

午前の診察《しんさつ》が終わったことを報告しに診察室に入るなり、佐知がパソコンの画面から目を離《はな》さないまま舞桜にそう聞いてくる。

きっとずっと気になっていたのだろう。わざとらしいまでにこちらを見ない佐知は、本当に分かりやすく可愛《かわい》らしい人だと舞桜は内心で思った。

「ぎっくり腰《ごし》になる前から腰《こし》が痛いとは言ってたんですよね。でも、整骨院に行ってもちっともよくならなくて。今回ＭＲＩを撮《と》ったら、少し気になる部分があったみたいなんです」

舞桜の言葉に、待ってましたとばかりに椅子《いす》をくるりと回転させて佐知がこちらを向く。

「単純に腰が痛いと言っても、原因は様々だからなあ。内臓疾患《ないぞうしっかん》のせいだったりすることもあるし、ヘルニアだったり骨折だったり……」

「担当医は内臓疾患の可能性を疑ってるみたいです。確率的にはそう高くないとは思うけど、念のため、と言われました。あとは、気を失ったということを気にしてるみたいですね」

「年齢《ねんれい》のこともあるから、色々な可能性を疑っているのかもしれないな。決めつけが一番よくないし、丁寧《ていねい》に調べてくれる担当医に当たってよかった」

「そうですね。こういう時でないと祖母は検査を受けてくれないので、ついで、と言うと言葉が悪いんですけど、これまでできなかった検査も全部しておこうということになりまして」

「なるほど。舞桜んちのおばあさん、優《やさ》しいけどわりと頑固《がんこ》なとこあるもんな」

キヌのことを思い出したのか、佐知がくすくすと笑った。

キヌがぎっくり腰になって入院する少し前、医院の診察時間が終わった直後にキヌが碧斗をおぶって飛び込んできたことがあった。

『碧斗が高熱を出して……っ！』

佐知はキヌから話を聞き、碧斗の診察をした。そうして佐知が下した診断《しんだん》は『疲《つか》れから来る熱』だったのだが、それを聞いたキヌが怒《おこ》りだしたのだ。

『そんなはずはありませんよ、先生！　碧斗がこんなに苦しんでいるんです！』

子供というものは繊細《せんさい》で、ちょっとしたことでも熱を出す。抗生剤《こうせいざい》は必要な菌《きん》まで殺してしまう強力なものなので、雨宮医院では小さな子供への処方に慎重《しんちょう》を期していた。

『確かに他《ほか》の可能性もあるかもしれませんが、今のところは熱以外の症状《しょうじょう》もありませんし、一晩様子を見てみましょう』

佐知は慣れた様子でキヌの怒《いか》りを受け流して漢方薬を処方し、症状が変わればまたすぐに連絡するようにと諭《さと》してキヌと碧斗を帰した。

こんな状態の子供を放置するのかと、その時のキヌは怒り心頭《しんとう》で。だが次の日、すっかり熱が下がった碧斗は元気に保育園に登園したのだ。

「あの時は本当にご迷惑《めいわく》を……」

「いやいや、確かにものすごい剣幕《けんまく》だったけど、それだけ碧斗のことを大事に思ってるってことだしな。史を育てて初めて理解できるようになったけど、たかが熱、されど熱、って感じで、辛《つら》そうにしてるのを見ると今すぐ何とかしてやれないかって焦《あせ》るんだよなあ」

「ああ、分かります」

佐知ににこにこと笑顔《えがお》を向け、舞桜が思い出したのは晴海のことだった。

晴海と一緒に住み始めてすぐ、舞桜が熱を出して寝込《ねこ》んだことがある。それまでは熱を出しても一人で寝ているだけだったので、舞桜はいつも通りそうしようと思ったのだが、舞桜の熱に気づいた晴海が珍《めずら》しくパニックを起こしたのだ。

『おい、死ぬんじゃないぞ』

賢吾が舞桜の母親から親権を譲渡《じょうと》させる手続きを取っている最中で、あの時の舞桜が晴海の家で死んだ場合、ややこしいことになる可能性があった。今はそのせいで晴海が焦っていたのだと理解できるが、当時の舞桜はおろおろする晴海に本当に驚《おどろ》いた。いつも冷静に行動する晴海にもこんな顔をする時があるのだ、と親近感を覚えてしまったほど。

「心配されるって、嬉しいんですよねえ」

「え？」

佐知の驚いた声が聞こえ、舞桜も思わず「え？」と返す。

「俺、何か変な事を言いましたか？」

「ぷ……っ、いや、何でもない、視点が可愛いなあって思って」

「何ですか、それ」

いつだって可愛いのは佐知のほうだ。

「俺を可愛いなんて言うのは、佐知さんぐらいですよ？」

「……前から思ってたんだけどさあ、舞桜って自分の魅力《みりょく》を全然分かってないよな？　何で？」

「何で、と言われても……ないものを分かるのはちょっと難しいですよね」

「患者《かんじゃ》のおばあちゃん達には王子様って呼ばれてるだろ？」

「あれは、皆《みな》さんが俺のことを可愛がってくれてるからですよ」

雨宮医院の馴染《なじ》みの患者さんの多くは子供がすでに巣立ってしまっていて、そばにいない子供や孫と同年代の舞桜を、家族のように可愛がってくれているのだ。

「時々、若い患者さんに食事に誘《さそ》われたりしてるのは？」

「引っ越《こ》してきたばかりでこの辺のことが分からない人とか、仕事が忙《いそが》しくてなかなか友人ができないって言ってた人のことですよね？」

　この辺りに引っ越してきたばかりで土地《とち》勘《かん》がない人が、時々雨宮医院にやってくる。晴海に『医院の患者は佐知さん狙《ねら》いの者も多いはずだから、一定の距離《きょり》を置いて付き合うように』と言われているので誘われても行くことはできないが、商店街にある美味《おい》しい定食屋などの情報を教えてあげたりしている。

「なるほど……かなり拗《こじ》らせてるな」

　顎《あご》に手を当てて考え込む佐知に、舞桜はきょとんとした顔をする。拗らせてる？　舞桜は本当のことしか言っていないのに。

「可愛いっていうのが悪かったのかもな。恰好《かっこ》いいだったらどうだ？　言われたことぐらいあるだろ？」

「碧斗がよく言ってくれますね。この間は『まお、ばくてんできるのか!?　かっこいい!!』って言ってくれました」

「え、舞桜、バク転できるの!?　恰好いい!!　……あ、いや、そうじゃなくて、碧斗以外にも──」

「そうですねえ……」

　佐知にしてはしつこく食い下がってくるので、舞桜も何とか思い出そうと考えてみる。

「キヌさんとか」

看護服が一番落ち着く舞桜のことを、キヌが『恰好いいわね』と褒《ほ》めてくれたのはつい先日のことだ。

「次！」

「うーん……伊勢崎さん、とか？」

「伊勢崎？　伊勢崎って俺が知ってるあの伊勢崎？　別次元のまったく別の伊勢崎じゃなくて？」

佐知に驚愕《きょうがく》の表情を向けられ、舞桜は「その伊勢崎さんですよ」と苦笑《くしょう》する。晴海があんまり佐知をいじめるから、こんな反応をされてしまうのだ。可哀想《かわいそう》だが自業自得《じごうじとく》である。

「前に東雲家で伊勢崎さんに会ったんですけど、その時俺、史君と碧斗がお腹《なか》が空《す》いたって言うんで本家の家事室を借りてホットケーキを作ってたんですよ。そうしたらちょうど伊勢崎さんが来て、ホットケーキをひっくり返すところを見て『恰好いいじゃないか』って」

「え、伊勢崎ってそんなことで人を褒めるの？　地球を救ったとかじゃなくて？」

「佐知さん、伊勢崎さんのことを誤解してますよ。伊勢崎さんはものすごく優しいですよ？」

「伊勢崎が……優しい……？」

そんな、この世の終わりを見たみたいな顔しなくても。

「たぶん伊勢崎さんは、優しさを優しさと思わせないようにするのが上手なんだと思います。照れ屋なんですよ、ああ見えて」

「照れ屋……？　伊勢崎に一番相応《ふさわ》しくない言葉に思えるけど」

佐知が納得《なっとく》いかなそうに首を傾《かし》げると、突然《とつぜん》がちゃっと診察《しんさつ》室の扉《とびら》が開いた。

「分かってないですねえ、佐知さん。俺はこう見えて可愛《かわい》い男ですよ？」

「分からなくていいぞ。こいつは可愛い男というよりも、ただのヘタレだからな」

現れたのは、晴海と賢吾だった。舞桜は笑顔で頭を下げてさりげなく二人に場所を譲《ゆず》り、壁《かべ》際《ぎわ》に控《ひか》える。舞桜はこの三人の会話を聞いているのが、結構好きだ。

「い、伊勢崎、今のは別に悪口じゃないからなっ？」

「分かっています。俺も別に、佐知さんに照れ屋で可愛いなんて思われたくないですよ」

「だよな。お前が思われたいのは別の……ぐっ」

ん？　賢吾の言葉が不自然に途切《とぎ》れ、舞桜は何があったのかと視線を二人の背中に向けたが、すぐに理由に気づいて拳《こぶし》で口元を隠《かく》して笑いを堪《こら》えた。晴海の肘《ひじ》が、さりげなく賢吾の脇腹《わきばら》に刺《さ》さっている。主従関係とは、と問いかけたくなるような光景だが、これが晴海と賢吾である。

「くだらないことはいいので、さっさと乳繰《ちちく》り合ってくださいよ。若が佐知さんの顔を見ないと仕事をしないとごねるので、仕方なしに十分だけという約束でここに来ているんです。それを忘れないでください」

「ああ、そうだったそうだった。よし佐知、さっそく乳繰り合おうぜ」

「ばっ、馬鹿《ばか》か!!　分かったって俺が頷《うなず》く訳ないだろうが！」

「何だよ、佐知は相変わらず照れ屋だな」

「照れ屋とかそういうんじゃない！　お前が馬鹿なんだ!!」

佐知と賢吾がいつもの痴話喧嘩《ちわげんか》を始めると、晴海がすっとその場を退き、舞桜の隣《となり》に立った。

「その指の傷はどうした」

「え？　ああ、これですか？」

囁《ささや》き声で問われ、指先の絆創膏《ばんそうこう》に視線を向ける。ほんの小さな傷だが、患者への感染《かんせん》対策で絆創膏をしていた。

「ちょっと紙で切っただけです。切れ味がよくてすぱっといっちゃったんですよ」

「そうか。今日の夜は早く帰る。俺が食事を作ろう」

「大袈裟《おおげさ》ですよ。もう切り口も分からないぐらいなんですから、俺の仕事を取り上げないでください」

晴海は時々過保護だ。舞桜は小さく笑って、「今日の夕飯はカキご飯ですよ？」と晴海の顔を見ないままで伝える。それを聞いた晴海の口元が綻《ほころ》んでいるだろうことが、舞桜には見なくても分かった。カキご飯は晴海の好物なのだ。

目の前では、賢吾と佐知の痴話喧嘩がまだ続いている。黙《だま》ってそれを見守りながら、晴海と二人で並んで立っているこの時間を楽しんでいると、すぐそばにある扉のほうから足音が聞こえてくるのに気づいた。

「邪魔《じゃま》するよ」

「邪魔するなら帰れ」

入ってくるなりの京香の言葉に真っ先に反応したのは賢吾だった。京香は賢吾の母であり東雲組の姐《あね》さんでもある。いつも着物を粋《いき》に着こなしている美人で、気風《きっぷ》がよく、賢吾とのこの手の言い合いは日常茶《さ》飯事《はんじ》だ。舞桜には考えられない親子関係だが、この二人はこれでもかなり仲がいい。

「ここは別にあんたの家でも何でもないだろう？　指図される覚えはないね」

「どうせろくな用事じゃねえんだろうが。佐知に迷惑《めいわく》かける前にさっさと帰りやがれ」

「佐知に一番迷惑をかけてるのはあんただろうに。ほんとに佐知、いつもこの馬鹿《ばか》息子《むすこ》がすまないねえ。いらないと思ったら、いつでも海の底に沈《しず》めてくれていいんだからね？」

「息子の殺害を唆《そそのか》すんじゃねえよ」

今にも舌戦《ぜっせん》が始まりそうになったのを遮《さえぎ》ったのは、冷静な晴海の声だった。

「若、もうすぐで十分経《た》ちます。そろそろ仕事に戻《もど》りましょう。このままでは帰宅時間が遅《おく》れて夕飯に間に合いませんよ？」

「ちっ、しょうがねえな。おいばばあ、佐知に無理難題吹《ふ》っ掛《か》けんじゃゃ――」

「ちょっと待ちな。あたしは伊勢崎に用があって来たんだよ」

京香の言葉に、晴海があからさまに嫌《いや》そうな顔をした。

「またじじいに逃《に》げられたのかよ。伊勢崎は俺の補佐《ほさ》なんだ。いちいちじじい捜《さが》しに付き合わせるな」

「……あんた達、あたしは別にいつも吾郎《ごろう》さんを捜してる訳じゃないからね。今回は伊勢崎にいい話を持ってきたんだ」

「結構です」

　京香が言い終わるか言い終わらないかぐらいのタイミングで、晴海がすっぱり拒否《きょひ》の意思表示をする。

「まだ何も言ってないじゃないかっ」

「聞かなくても、ろくな話じゃないことは分かります」

「いや、今回は本当にいい話なんだよ。勝俣《かつまた》組の組長さんの妹さんがね、娘《むすめ》さんのお見合い相手を――」

「お断りします」

「そうかいそうかい、喜んでくれ……って、せめて人の話は最後まで聞きな！」

「俺はお見合いなんてする気はありません」

　お見合い……？　黒子に徹《てっ》して控えていた舞桜は、晴海のその言葉にびくりと肩《かた》を震《ふる》わせた。

隣に立つ晴海の肩がこつんと舞桜の肩に触《ふ》れて、舞桜は慌《あわ》てて何でもない表情を作り直す。

「どうしてだい？　あんたに今特定の相手がいないことは分かってるんだ。会うだけ会ってみて、返事はそれからでいいんだよ？」

「絶対に断ると分かっているものに、割《さ》く時間がもったいないですよ。俺は姐さんの息子さんの世話で手《て》一杯《いっぱい》なんです。これ以上、仕事を増やさないでもらいたいですね」

「そうだぞばばあ、伊勢崎は見合いするほど暇《ひま》じゃねえ。お節介《せっかい》ばばあがしたいなら他《ほか》を当たれよ」

珍《めずら》しく賢吾が晴海の加勢をする。いつもの賢吾なら、ここぞとばかりに晴海をからかいそうなのに。

「馬鹿言ってんじゃないよ。あんたが世話ばかりかけるから、せめて伊勢崎にはいい子を紹介《しょうかい》したいと思ってるんじゃないか。それに、相手ができれば伊勢崎だってもう少し人当たりがよくなるんじゃないかと思ってね」

「大きなお世話です」

晴海は顔色一つ変えずに、京香の提案を切り捨てた。常日頃《つねひごろ》から立場など知らぬとばかりに京香に対して傍若無人《ぼうじゃくぶじん》な態度を取る晴海だが、ここまでの冷ややかさを感じたことはない。どうやらかなり怒《おこ》っているらしいことは舞桜にも何となく分かったが、理由までは分からない。

「相手ができても落ち着かない、組長のような方もいらっしゃるじゃないですか」

「……っ、あんたはほんっとうに口が減らないねえ」

「俺が結婚《けっこん》をしていないことで、姐さん方に迷惑はおかけしていないつもりですが」

晴海の表情が一層冷たいものになっていく。やはり、あれはかなり機嫌《きげん》が悪い時の顔だ。何が晴海の逆鱗《げきりん》に触れたのだろうか。

「まあまあ、伊勢崎。京香さんもお前のためを思ってのことだし……」

「本当に俺のためを思うなら、皆《みな》さんが俺の仕事を減らしてくれるのが一番ありがたいんですがね。組長がいなくなるたびに探偵《たんてい》まがいのことをさせられたり、うかうか何度も攫《さら》われる人をその都度捜したり、仕事を放《ほう》り出して行方《ゆくえ》不明になる人の尻拭《しりぬぐ》いをさせられたりしていなければ、俺だって今頃《いまごろ》は愛する人と結ばれたりしていたかもしれないじゃないですか」

晴海の言葉の刃《やいば》が、舞桜以外に均等に向けられていく。だが舞桜は思った。そうか、佐知さんがいるこの場でお見合いの話をされたことが気に障《さわ》ったのだ、と。

でも。だけど。いつかは晴海だって佐知への気持ちに折り合いをつけ、新しい恋《こい》を見つけるのかもしれない。そうしてその人と愛し合い、結婚するのかも。

晴海が、結婚。考えもしなかった。……馬鹿だな、どうして考えなかったのだろう。それはごく自然なことなのに。

晴海ほどの素敵《すてき》な人が、一生独身でいる理由などない。過去には恋人だっていたはずで……恋人？　晴海に、恋人？　今まで舞桜が知らなかっただけで、もしかしたらこれまでだって、いやひょっとしたら今だって、恋人がいるのかもしれない。……考えたこともなかった。

「あんたに負担をかけているのは重々承知だよ。……あんたほどの男が、うちの賢吾みたいな我が儘《まま》で、自分勝手で、おまけにすぐいなくなる、扱《あつか》いにくい暴君に仕えてくれていることを、あたしはこれでもものすごく、ものすごーく、感謝してるんだよ」

「おい、自分も探偵まがいのことをさせて根に持たれてるくせに、自分のことを棚上《たなあ》げしてんじゃねえぞ」

「うるさいね、外野は黙ってな。……ええっと、何だっけ？　ああ、そうだ、だからこそ、あんたには幸せになってもらいたいんだ。決して、あんたの優秀《ゆうしゅう》な遺伝子を受け継《つ》いだ子供が、ゆくゆくはうちの子供達に仕えてくれたらいいのに、なんてことは考えてないからね？」

「……姐さん、モラハラって言葉をご存知ですか？」

「やだねえ、極道《ごくどう》組織にそんな言葉がある訳ないだろ？」

晴海達の会話がちっとも頭に入らない。舞桜の頭に浮《う》かんだのは、誰《だれ》かを抱《だ》きしめ、幸せそうに笑う晴海の姿。思い浮かんだ途端《とたん》、形容しがたい気持ちになる。この気持ちにつける言葉が分からない。

「いい加減にしてください。これ以上俺の仕事の邪魔をするなら、一ヶ月ほど休みを取ってバカンスに行ってもいいんですよ？」

「あんたっ、うちの組を潰《つぶ》すつもりかい!?」

「……そういう自覚があるなら、俺に少しでも楽をさせてくださいよ。若、仕事に戻りましょう。俺は今日、絶対に定時で帰りますからね」

晴海は踵《きびす》を返し、あろうことか主人である賢吾より先に診察《しんさつ》室を出て行った。仕方なさそうに、賢吾がその後に続く。

「やれやれ、せっかく佐知と乳繰《ちちく》り合うつもりだったのに」

「いいからさっさと行けよ馬鹿《ばか》！　伊勢崎がブチギレたらどうすんだよ！」

「もうとっくに怒ってるから大丈夫《だいじょうぶ》だって」

その間、舞桜はずっと笑顔《えがお》を貼《は》りつけたまま、一人の世界に没頭《ぼっとう》していた。

晴海の隣《となり》に誰かが立っている。そんな想像がぐるぐると頭の中で回っていた。


昼間、雨宮医院で言った通り、晴海は夕飯に間に合う時間に帰ってきた。舞桜は約束通りカキご飯を作り、二人でそれを食べ、仕事を持ち帰ってきたという晴海は自室に戻り、舞桜は後片付けをし、風呂《ふろ》に入った……と思う。

それらは全《すべ》て舞桜が物思いに耽《ふけ》っている間に機械的に行われ、舞桜がはっと気がついた時には、パジャマ姿でリビングのソファに座ってみゃあちゃんの頭を撫《な》でていた。

「嘘《うそ》……いつの間に？」

晴海への態度がどうだったか必死で思い出そうとするが、思い出せたのはカキご飯を作っていたことだけだ。けれど晴海に怒られなかったということは、上手《うま》く誤魔化《ごまか》せていたということなのだろう。

時計を見る。深夜と言っていい時間だったが、舞桜が一人でここに座っているということは、晴海はおそらくまだ仕事をしているはずだ。

みゃあちゃんを膝《ひざ》から降ろして寝室《しんしつ》を覗《のぞ》きに行ったが、やはりそこに晴海の姿はなかった。

ベッドの上の枕《まくら》を一つ取り、それを両腕《りょううで》で抱きしめて晴海の部屋に向かう。

こんこんとノックをすると、「どうぞ」という言葉が聞こえた。恐《おそ》る恐る部屋に入ると、視線をこちらに向けた晴海が口元を綻《ほころ》ばせる。

「考え事は済んだのか？」

「……すみません」

晴海にはお見通しだったらしい。舞桜は素直《すなお》に頭を下げ、晴海の仕事用のデスクと対面で置かれているソファに腰《こし》を下ろした。ここは、仕事をしている晴海の姿を見られる特等席だ。

舞桜が黙《だま》り込むと、晴海は舞桜から視線を外し、デスクの上の書類に集中し始める。書類を捲《めく》る音と、時折判を押す音、ボールペンが紙を滑《すべ》る音だけが聞こえる世界。

晴海の真剣《しんけん》な表情を見ているのが好きだ。そして集中している晴海が、その世界に舞桜がいることを許してくれている時間が好きだ。

けれど、この時間は特別なものだ。ずっと続く当たり前のものじゃない。知っていたはずなのに、ちゃんと理解できていなかった。いつかは、舞桜がどんなに望んでもこの空間にいられなくなる日が来る。

「……結婚、されるんですか？」

ずっとそのことばかり考えていたからだろうか。意識せず、言葉が勝手に口から零《こぼ》れた。

「す、すみません……っ」

晴海が結婚しようがしまいが、舞桜には関係のないことだ。晴海のプライベートがどうであろうと、舞桜に口出しをする権利はない。自分の立場も忘れて馬鹿なことを聞いてしまった。

「俺に結婚して欲しくないか？」

「……っ」

質問に質問で返すのはずるい。でも、そもそもは身の程《ほど》知らずな質問をした自分が悪い。

「俺は……晴海さんが幸せなら、それが一番いいです。晴海さん、寂《さび》しがり屋だって言ってたじゃないですか。京香さんは、ちゃんとそういうところを分かってたんですよ。……素敵な人だと、いいですね」

晴海が小さくため息を吐《つ》く気配がして、それからばさりと書類を置く音がした。

「俺の幸せを思うなら、余計な心配はするな」

「はい……出過ぎたことを言ってしまって、すみません」

持っていた枕をぎゅっと抱きしめ、自分の馬鹿さ加減を猛省《もうせい》する。晴海が不機嫌になるのも当たり前だ。

「……ところで、君はそこで何をしているんだ？」

これ以上晴海を不機嫌《ふきげん》にさせないようにおとなしく座っていようと思っていた舞桜は、晴海の問いにきょとんとした顔で首を傾《かし》げる。何をしているんだ？　どうしてそんなことを聞くんだろう。

「晴海さんのお仕事が終わるまで、ここで待ってようかなって」

「いや、これを読むのに時間がかかるから、今日は――」

「……え？　寝《ね》ないんですか？」

持っていた枕をぎゅっと抱きしめる。今日は家にいるから、てっきり一緒《いっしょ》に寝られると思ったのに。晴海がいない時はちゃんと一人で寝ている。でも、晴海がいる時はなるべく一緒に寝たい。

碧斗が来てからは碧斗と一緒に寝ていたが、碧斗は今日、東雲邸《てい》に泊《と》まりに行っていて留守だ。史が会いたがっているから碧斗を泊まらせろと、賢吾から連絡《れんらく》があったのだ。

晴海が寝てくれないと、舞桜は今日、一人で寝ることになる。

「……寝る」

晴海は書類をデスクに置いて立ち上がり、もう片方の手で舞桜の腕を引いて寝室に向かう。

「あれ？　まだ終わってないんですよね？　俺、ちゃんと終わるまで待ってますよ？」

「いいから早く来なさい」

「はい」

いつものクセで返事をしてしまった。晴海の仕事を邪魔《じゃま》するつもりはなかったから、舞桜は慌《あわ》てて首を振《ふ》って取り消そうとしたが、そうこうしている間に寝室についてしまう。

「いつも言っているだろう。俺に対して遠慮《えんりょ》はするな。して欲しいことはして欲しいと言え。それも訓練のうちだ」

子供の頃《ころ》の経験というのは驚《おどろ》くほどに体に染《し》みつくもので、舞桜は当たり前に自分を後回しにしてしまう。晴海にはそれで何度も怒《おこ》られた。社会を生き抜《ぬ》くためには、少しぐらい図々《ずうずう》しくなければいけないと。

これでも、かなり改善されたほうだと思っている。佐知を守る、という仕事の名目上、佐知に近づく者にはあえて図々しい態度を取ることだってあるし、佐知から相手を引き離《はな》すためには少々強引《ごういん》なことだってする。

それでも、油断するといつもこうして失敗してしまう。晴海の教えを破るたび、舞桜は自分の駄目《だめ》さ加減に落ち込んでしまうのだ。

「すみません、俺……」

「謝る必要はない。君を甘やかしたのは俺だからな。責任はちゃんと取る」

晴海はそう言ってベッドに横になり、舞桜を胸に抱きこんでくれた。申し訳ないとは思ったけれど、やはりそうされると安心する。

晴海の家に引き取られた当初、舞桜はよく悪夢を見た。今こうして晴海の家にいるのが夢で、起きたらあの物置小屋に逆戻《ぎゃくもど》りしているという夢。

夜中に何度も飛び起き、そのたびに舞桜はパニックを起こした。晴海はそんな舞桜を一晩中抱《だ》きしめ、『ずっとここにいるから安心して寝なさい』と言ってくれた。

夜中に目を覚ましても、晴海の腕が悪夢はしょせん悪夢であることを教えてくれる。そうして舞桜は少しずつ悪夢から逃《のが》れ、今ではあの悪夢はほとんど見なくなった。でもやはりその時の刷り込みなのか、晴海の腕の中が一番安心して眠《ねむ》れる。

「晴海さんは、いつも体温が高いですね……」

温かくて、幸せな気持ちになる。大好きだ。

どこまで口にできたか分からないまま、すうっと簡単に眠りに引きこまれていく。

「誰《だれ》のせいだと思っているんだ」

晴海の小さなぼやきに気づくことのないまま。

それから数日は、穏《おだ》やかに過ぎた。

『まお！　きょうはぜったいおれ、まおとふたりでべっどでねるからな！』

今日の朝、そう言って鼻の穴を広げていた碧斗の姿を思い出し、舞桜は保育園までの道のり

を歩きながら、思い出し笑いをする。

碧斗が晴海の家に泊まる時は舞桜の部屋で布団《ふとん》を敷《し》いて一緒に寝ているのだが、昨夜《ゆうべ》、碧斗がベッドで寝たいと言い出したのだ。

『あのべっどひろいじゃん、はるみがひとりでねるのはもったいないだろ？』

『何だ、碧斗はそんなに俺と寝たいのか？ 仕方がないな』

『ば、ばかじゃねえの!? おれは！ まおと！ ねたいの！』

『偉《えら》そうなことを言ってもまだまだおこちゃまだな。一人で寝られないことをそう大声で宣伝するな。史坊《ぼっ》ちゃんに聞かれたら笑われるぞ？ 史坊ちゃんは、一人でもちゃんと寝られるんだからな』

『う……っ』

碧斗をからかう時の晴海はいつも本当に楽しそうだ。昨夜もそうで、晴海はにやりとわざとらしく笑《え》みを浮《う》かべていたが、これ以上口喧嘩《くちげんか》が長引いたら碧斗が夜更《よふ》かしすることになると思った舞桜は、碧斗に妥協《だきょう》案を出したのだ。

『ベッドで寝たいんだったら、三人で寝ればいいよ』

『え!?』

声を上げたのは二人同時だった。驚いた顔がそっくりで、今思い出しても笑ってしまう。

『あのベッドは広いから、三人でも充分《じゅうぶん》に寝られるからね』

寝室《しんしつ》のベッドは賢吾が引っ越《こ》し祝いにくれたものらしく、特注でかなり広い。晴海は邪魔だと常々文句を言っているが、その割には買い替《か》えないので口で言うほど嫌《いや》ではないのだろう。

『それが嫌なら、俺と二人でいつも通り布団で寝よう？』

碧斗はきっと、舞桜と二人で寝ると言うと思った。だからこそ舞桜はそう提案したのだが、

『そうだな。そうしたら俺は、広いベッドで大の字で寝られる』なんて晴海が余計なことを言うものだから、碧斗が意地になってしまった。

『やだね！　ぜったいべっどでねるから！』

そんなこんなで、昨夜は結局ベッドで三人仲良く寝ることになったのだった。碧斗は初めこそ不満げだったが、どこでも寝られるのが特技とばかりにすぐに夢の中の住人になった。

『何だか、変な感じですね』

碧斗が寝た後でそう晴海に声をかけたら、晴海は『風邪《かぜ》を引かないようにちゃんと掛けなさい』と上掛《うわが》けを舞桜の首元まで引き上げてくれてから笑って言ったのだ。

『川の字で寝るなんて、家族みたいじゃないか』

『ふふ、そうですね』

晴海は、舞桜が言いたかったことを正しく理解してくれた。生まれて初めて川の字で寝ることができて、疑似《ぎじ》とはいえ、自分が誰かの家族の一員になれたみたいで、昨夜はすごく嬉《うれ》しかった。

けれど碧斗はそうではなかったらしく、今朝起きるなりぷんぷん怒って、今日こそは舞桜と二人でベッドで寝ると高らかに宣言したのである。たぶん、すんなり眠ってしまったことが恥《は》ずかしかっただけだと思うが。

「ほんとは、晴海さんのことが好きなくせに」

反抗《はんこう》期だろうか。碧斗はまったく素直《すなお》じゃない。晴海に憧《あこが》れて、髪型《かみがた》を真似《まね》しようと鏡の前でにらめっこしていたことを知っている。こっそり、晴海がお風呂《ふろ》に入っている隙《すき》に晴海のメガネをかけていたことも。

「まあでも、当たり前だよねえ」

晴海は本当に恰好《かっこ》いい。碧斗が憧れるのも当然だ。曲がり角に差し掛《か》かりながら、舞桜はふふっと笑う。

保育園に着いたら、どうして素直に好きだって言わないのか、碧斗に聞いてみようかな。碧斗が自分のことを好きだと知ったら、きっと晴海さんは喜ぶのに。

晴海と碧斗がお互《たが》いに照れているところを想像したら何だか楽しくなってきて、保育園に向かう足取りも軽く鼻歌を歌う。

だがそんな楽しい気分は、目の前から聞こえた誰かの声で一瞬《いっしゅん》で吹《ふ》き飛んだ。

「お前、ここで何をしてる」

「……っ！」

二十年以上聞いていない声なのに、その声は舞桜を瞬時に幼いあの頃に逆戻りさせる。声の主を頭に思い浮かべたのと、その当人が視界に入ったのはほとんど同時だった。

驚きすぎて、声も出ない。喉《のど》に何かが張りついたように苦しくなった。

どうして。どうしてこんなところにいるのか。

「……おとう、さま」

幼い頃の記憶《きおく》が、目の前の男をそう呼ばせた。だがその言葉を、ぴしゃりと撥《は》ねつけられる。

「お前にそんな風に呼ばれる筋合いはない」

「……っ、すみま、せん……」

そうだ。この人は、碧斗の父親であっても、舞桜の父親ではない。……かつてはそうだと思っていたこともあったけれど。

吉原優斗《ゆうと》。母に騙《だま》された人。自分と血の繋がりのない子供を、我が子として育てさせられていた人。

「ここは俺の息子《むすこ》が通う保育園だぞ？　お前、俺の息子に何かするつもりじゃないだろうな」

ぐっと眉間《みけん》に皺《しわ》を寄せてこちらを睨《にら》みつける表情を見て、また言葉が出てこなくなる。

あの表情を見たことがあった。舞桜が自分の子供ではないと知ったあの時。母と口汚《くちぎたな》く罵《ののし》り合い、最後に舞桜を振《ふ》り向いた時の顔だ。

『本当の父親が誰かも分からないなんて、汚《きたな》らしい』

自分の父親だと思っていた人が、そうじゃないと知った瞬間。それまでは、父と母がどうして喧嘩《けんか》しているのか、よく分かっていなかった。すぐにキヌが耳を塞《ふさ》いでくれたけど、舞桜の耳にはしっかり届いた後で。

その後も、タガが外れたように父だった人は舞桜を罵り続けた。母は完全に開き直ったのか、舞桜を庇《かば》うこともせず、不貞腐《ふてくさ》れた顔をしていて、その代わりにキヌが舞桜を庇い続けてくれていたのを何となく覚えている。

あの時以来、優斗には一度も会っていなかった。当然舞桜の記憶の中の優斗はもっと若かったが、それ以前に、今目の前にいる男と本当に同一人物かと思わせるほどの違《ちが》いがある。

記憶の中の優斗は、見た目に気を遣《つか》う人だった。髪型を気にして、風が吹くのすら嫌がるほど。だが今はどうだ。ぼさぼさの髪《かみ》に、くしゃくしゃのＹシャツは襟《えり》も汚《よご》れて、ところどころに染《し》みもついていた。

「……い、おい、聞いているのか!?」

優斗の怒鳴《どな》り声で我に返る。悪いクセがまた出てしまったらしい。

「お前の母親は今どこにいると聞いてるんだっ」

「……母とは疎遠《そえん》なので、どこで何をしているかは知りません」

本当のことを言ったのに、優斗はあたかも舞桜が嘘《うそ》を吐《つ》いてるとでも言いたげに、ふんと鼻を鳴らす。

「あんな女のことを庇うのか」

　誤解だ。舞桜に母を庇おうと思う気持ちはまったくない。ただ本当に、母がどうしているか知らなかった。晴海と賢吾に拾われて以来、母と連絡《れんらく》を取ったことはない。連絡を取りたいと思ったことも。

「俺は本当に――」

「うるさいっ！　お前ら親子は嘘つきだから信用できない。……まあ、いい。今日は息子に会いに来たんだ。お前なんかではなく、な。分かったらさっさと消えろ」

　優斗がここにいる理由が碧斗だと知り、駄目《だめ》だ、と思った。碧斗には会わせない。それがキヌの望みだ。

『私は、優斗から碧斗を守らなければならないの。舞桜さんも、優斗とかかわっては駄目よ？』

　優斗は舞桜の母と離婚《りこん》した後、しばらくして碧斗の母親と再婚した。そうして碧斗が産まれ、しばらくは幸せだったようだが、また妻の不貞《ふてい》を理由に離婚をしたとキヌから聞いている。

　優斗は碧斗の母親と泥沼《どろぬま》の離婚劇を演じ、お互い押しつけ合う形で碧斗の親権を争い、碧斗を引き取ることが決まった途端《とたん》にキヌに親権を押しつけた。その後は時々キヌに金の無心に訪《おとず》れるようになり、耐《た》えかねたキヌが碧斗と一緒《いっしょ》に逃《に》げてきたのがこの街だったはずなのだ。

　この話を聞かせてくれた時、キヌは疲《つか》れたような顔で言っていた。

『どこで育て方を間違えたのかしらねえ……でも、碧斗の親権を私に譲《ゆず》ってくれたことにだけは、感謝しているのよ』

碧斗は賢《かしこ》い子供で、両親が別れた経緯《けいい》を知っている。ほんの少しではあるが、両親の記憶もあるらしい。その上で、優斗のことを『だいっきらいだから、にどとみたくない』と言っていた。

「碧斗に会って、どうするつもりですか？」

冗談《じょうだん》じみた調子ではあったが、あの時の碧斗は本気で優斗に会いたくないと思っていた。そんな碧斗の気持ちを尊重してやりたい。恐怖《きょうふ》より碧斗への思いが勝った。

震《ふる》えが止まらぬ手をぐっと握《にぎ》りしめ、舞桜は優斗を睨みつける。

「碧斗？　どうしてお前が碧斗の名を知っている」

「先に、俺の質問に答えてください」

優斗が現れたことに衝撃《しょうげき》を受けすぎて気がついていなかったが、服がよれよれなだけではなく、目も落ち窪《くぼ》んで髪質もぱさぱさで、まともな生活を送れていないことは聞かなくても充分《じゅうぶん》に分かった。

偏見《へんけん》かもしれないが、我が子可愛《かわい》さに会いに来たようには思えない。嫌《いや》な予感がする。

「お前が、俺に、指図するのか？」

優斗に詰《つ》め寄られ、後ずさりしたくなる気持ちを堪《こら》えて睨み返す。逃げちゃ駄目だ。碧斗のことは絶対に守る。

「碧斗は、あなたに会いたくないと言ってます」

「お前、碧斗を手懐《てなず》けたのか？　さすがあの女の子供だな。男を誑《たぶら》かすのは一流だ」

「……っ」

ぐっと顎《あご》を摑《つか》まれたが、視線は逸《そ》らさない。それでも、足は震えてしまう。

優斗の目に睨まれると、まるで幼い子供に戻《もど》ってしまったように心許《こころもと》なくなった。

どうして。もうずっと前のことだ。今では体格でだって負けていない。たった一人。この手を捻《ひね》り上げることなど、たやすいはずなのに。

体が動かない。どうしよう。どうしたら。どうして……どうして俺はこんなに弱いのか。

相手をねじ伏《ふ》せるための技術は、ちゃんと教わっているはずだ。体を動かせ。この手を摑めば、後は体が覚えている。

そのはずなのに、その手を摑めない。

「どうした、いいのは威勢《いせい》だけか？　それともその綺麗《きれい》な顔で、俺のことを誘惑《ゆうわく》でもするつもりか？」

軽薄《けいはく》に笑う優斗の顎に、掌底《しょうてい》を叩《たた》きこんでやればいい。それができないなら足を引っ掛《か》けて倒《たお》すだけでもいい。どちらも、今の舞桜にはできるはずだ。……できるはずなのに。

舞桜の意思に反して、手は動かなかった。頭では分かっているのに、体が拒否《きょひ》をする。怖《こわ》いと訴《うった》えてくる。

結局自分は、幼かったあの頃《ころ》と何も変わっていないのか。舞桜の思考が絶望に支配され始める。少しばかり知識をつけても、結局は同じ。舞桜は弱い。弱くてちっぽけな、あの惨《みじ》めな子供のままだ。

「あの女に憎《にく》らしいほどそっくりだ。きっとお前の周りにも、その顔に人生を狂《くる》わされるやつが――」

その時だ。

声が、耳に届いた。

「舞桜」

その声が聞こえた瞬間《しゅんかん》、金縛《かなしば》りが解けたように体が軽くなる。

そうだ、俺にはこの人がいた。もうあの時とは違う。

「晴海、さん……」

声のほうに視線を向けると、思った通りの人がそこに立っていた。

潤《うる》んだ視界が、かろうじて晴海の視線を受け止める。

舞桜の先生。いつだってあなたが正しいと、無条件で信じられる人。

「まだこんなところにいたのか。早く碧斗のお迎《むか》えに行かないと駄目だろう？」

晴海は場違いなほどにこやかな表情で舞桜と優斗に近づき、舞桜の顎を掴んでいる優斗の腕《うで》を掴んだ。

「何だおま……い、いててて っ!!」

驚《おどろ》いた顔で優斗が手を払《はら》い除《の》ける。晴海はにこにことした表情を崩《くず》さないままで舞桜の隣《となり》に立ち、肩《かた》をこつんとぶつけた。しっかりしろ、と言われている気がした。

「うちの舞桜に、何か御用《ごよう》ですか?」

「……ちっ、関係ないやつは引っ込んでいろ。どうせお前もこの顔に誑かされたクチなんだろうが、こんなやつとかかわったら、人生台無しになるぞ」

「ははは、面白《おもしろ》い事を言いますね。あなたの人生を台無しにしたのは、彼ではなく彼の母親では?」

舞桜が説明をするまでもなく、晴海は正しく状況《じょうきょう》を理解していた。さっきまで優斗のことが怖くて仕方がなかったのに、余裕《よゆう》のある晴海とは裏腹に顔を引きつらせている優斗を見ていると、滑稽《こっけい》に思えてくるから不思議だ。

「……っ、何だお前、俺のことを知っているのか。それなら話が早い。俺は碧斗に会いに来たんだ。赤の他人であるこいつが、親が子に会うのを邪魔《じゃま》する権利があると思うか?」

「親? おかしいですね。碧斗君の親権はすでにお祖母様《ばあさま》になっていると聞いていましたが。生まれた子供を年老いた母親に押しつけた方が今更《いまさら》親を名乗るとは、冗談にしても出来が悪い」

そう言いながら、晴海の手が舞桜の手を握った。勇気づけられている。力強く握られた手から、晴海の心が伝わってくるようで。舞桜の心から怯《おび》えが消えた。

「う、うるさい！　偉《えら》そうに説教でもするつもりか!?　一体何様なんだ！」

「ああ、これはこれは自己紹介《しょうかい》が遅《おく》れました。俺は伊勢崎晴海と申します。これでも一応、あなたと元奥様の結婚式にも出席しているはずなんですがね。覚えてもいないような子供の頃の話ですが」

「伊勢崎……？　伊勢崎って、あの……？」

元妻の身内といえども、かなり上流に当たる伊勢崎家のことは、優斗の記憶《きおく》にも残っていたのだろう。驚いた顔をする優斗に向かって、晴海が不意に一歩踏《ふ》み込む。

「ああ、よかったです。大嫌《だいきら》いな名字なんですが、この名にもまだ使い道があったようで」

距離《きょり》を詰めた晴海はにこやかなままそう言ったが、次の瞬間、ぐっと優斗の胸倉《むなぐら》を片手で掴んで顔を寄せた。

「舞桜に近づけば、お前を殺す」

その声は囁《ささや》きのように小さくて、舞桜には何を言ったか上手《うま》く聞き取れなかった。だけれども、晴海が一瞬見せた表情はその場の空気を凍《こお》らせるのに充分な怒気《どき》を孕《はら》んでいて。

「ひ……っ！」

優斗の喉《のど》から無様にひしゃげた音が出る。晴海はそれを満足そうに眺《なが》めて、胸倉を掴んでいた手を離《はな》し、ぐしゃぐしゃになった優斗のシャツを整えた。

「ああ、すみません。思わず取り乱しました。いけませんねえ、いい年をして自分を抑制《よくせい》できないというのは。人一人を消すのには、それなりの準備が必要だというのに」

「……っ！」

優斗の耳元に顔を寄せ、晴海が何かを話しているが、小さすぎてやはり舞桜には聞き取れない。ただ、優斗の表情から何らかの脅《おど》しであることが察せられた。

「もう二度とあなたの顔を見たくないと思ったら、俺はどうするべきだと思います？」

「ひ、ひぃ……っ!!」

晴海は最後まで声を荒《あら》らげることはなかったが、優斗は死神にでも出会ったような顔をして慌《あわ》てふためき、必死の形相でその場から逃げ出した。

残ったのは、手を繋《つな》いだままの晴海と舞桜だ。それは時間にすればほんの数分の間の出来事だった。逃《のが》れられないと思った場所から、いとも簡単に晴海は舞桜を救い出してくれたのだ。

「助けてくれて、ありがとうございます」

ちゃんと、笑えているだろうか？　縋《すが》るような情けない顔をしていないだろうか？

繋いだ手から本心が漏《も》れ出してしまうような気がして、舞桜はなるべくさりげなさを装《よそお》って温《ぬく》もりから手を離す。

「大丈夫《だいじょうぶ》か？」

晴海のその問いは、舞桜の不甲斐《ふがい》なさを咎《とが》めているような気がした。もちろん晴海にそんな意図がないことは分かっているが、これまで晴海が舞桜に教え込んだ様々を、今この時、全《すべ》て無駄《むだ》にしてしまった気がして。

　有事の際こそ冷静にならなければいけないという教えも、身を守るためにと教えられた護身術も、生かすことなくただ震《ふる》えていることしかできなかった。情けない。みっともない。悔《くや》しい。

「大丈夫ですよ」

　無理に笑顔《えがお》を作ったのは、せめてそんな惨めなことを晴海に知られたくなかったからだ。覚えの悪い生徒だと思われたくなかった。ほとんどバレているだろうけれど、自らそれを認めてしまったら、悔しさで泣いてしまう。そんなことをしたら、もっと晴海に呆《あき》れられる。

「あの男は何をしに来たんだ」

「……碧斗に会いに来たようですけど、理由が分かりません」

「ふむ、間違《まちが》っても我が子可愛《かわい》さに顔を見に来るようなタイプではないからな」

「はい」

　話が変わったことにほっとして息を吐《は》く。そのタイミングを見計らっていたかのように、晴海の指が舞桜の顎《あご》に触《ふ》れた。

「顔色が悪い。何かひどいことを言われたのか？」

　舞桜の顎を指で上げさせ、まじまじと表情を確認《かくにん》してくる。さっき優斗に顎を触《さわ》られた時は恐怖《きょうふ》でいっぱいだったのに、相手が晴海だと、たった指先一つでも安心できた。

「いえ、本当に大丈夫です。ただ、碧斗のことが心配で」

全面的に否定をしても晴海を騙《だま》せないと分かっていたから、目下の心配事を提示する。

「しばらくは外出を控《ひか》えろ。公園も禁止だ。碧斗は賢《かしこ》い子だから、父親が来たと悟《さと》られないように注意しなさい」

「はい。キヌさんには連絡《れんらく》をしたほうがいいでしょうか？　入院中なので、あまり心配をかけたくないんですけど……」

「ここへ来たということは、遅《おそ》かれ早かれキヌさんのところにも現れるはずだ。心の準備をさせる意味でも、教えておいたほうがいい。ただ、あの男が無茶《むちゃ》をしないように、組員を配置させておく」

「ありがとう、ございます……」

自分達のために組を動かすなんて申し訳なかったが、碧斗とキヌのことを考えると断ることはできなかった。優斗の、どこか追い詰《つ》められているような表情を思い出すとぞっとする。何もないとは言い切れない。

「舞桜」

「はい、……え？」

名を呼ばれて反射的に返事をしたら、晴海に手を引かれて抱《だ》きしめられた。

「晴海、さん……？」

「そんな顔をするな。そんな顔をされたら、君を自由にしておけなくなる」

「すみま、せん……」

自分がどんな顔をしているのかすら自覚がなかったが、咎められているということだけは分かった。反射的に謝ると、耳元で晴海のため息が聞こえる。

「自由にはばたかせたいという気持ちと、いっそ羽をへし折って――」

ぶるぶるぶるぶる。

晴海の内ポケットの中のスマホの振動《しんどう》が、抱きしめられている舞桜にも伝わる。途端《とたん》に晴海はちっと舌打ちをし、そっと舞桜の体を引き剝《は》がした。

「仕事に戻《もど》る。悪いが、史坊《ぼっ》ちゃんのお迎えも頼《たの》めるか？」

「はい」

「おそらく今日は帰れないが、何かあったらすぐに連絡しなさい」

「はい」

「舞桜、誰《だれ》にもこの体を触らせるなよ」

「は、い……」

ぐっと舞桜の肩《かた》を握《にぎ》りしめてそう言い置いて、晴海はスマホを確認しながら足早に立ち去っていった。

「誰にも触らせるな、か」

自分の身は自分で守れ。そう言われた気がした。

舞桜は自らの頬《ほお》をぱしんと両手で叩《たた》く。碧斗に気づかれる訳にはいかない。気持ちを切り替《か》えなければ。

「なんかあったのか？」

碧斗にそう尋《たず》ねられたのは、史を東雲家に送り、商店街での買い物を終えて帰宅してすぐのことだった。

「どうしたの急に。何にもないよ？」

買ってきたばかりの食材を買い物袋《ぶくろ》から取り出しながら何でもない風を装ったが、舞桜は内心で碧斗の洞察《どうさつ》力の鋭《するど》さに感嘆《かんたん》していた。

悟られないように、細心の注意を払《はら》っていたつもりだったのに。どうして気づかれたのか、見当もつかなかった。

「……おれにはいえないこと？」

食材を冷蔵庫に片付ける舞桜のもとまでやってきた碧斗が、じっと舞桜を見上げてくる。

碧斗は、本当によく人を見ている。その理由を考えた時、舞桜の胸にはちくりと痛みが刺《さ》すのだ。それがきっと自分と同じような理由からだと想像がつくから。

無条件に甘えられる親がいない。その点においては、舞桜と碧斗は同じだった。もちろん碧斗には心の底から可愛がってくれるキヌがいるが、どうしてもそれだけでは埋《う》められない心の隙間《すきま》がある。

一度捨てられた経験というのは、人を臆病《おくびょう》にする。どんなにキヌが優《やさ》しくしてくれても、もしかしたらいつか捨てられるかもしれないと、心のどこかで考えてしまう碧斗の気持ちが、舞桜には手に取るように分かった。

舞桜も同じだから。晴海や賢吾がどれだけ舞桜にいい環境《かんきょう》を与《あた》えてくれても、いつかまた彼らにも捨てられる日が来るのではないかと怯《おび》えている。

あの物置に住んでいる間、ずっと母だけが心の拠《よ》り所だった。けれど本当は分かっていた。自分はとっくに母に捨てられていたのだと。母は自分の罪の証《あか》しを見たくなくて、舞桜の存在をなかったことにしたいのだと。

「碧斗、ごめんね」

冷蔵庫を閉め、碧斗のことを抱き上げる。この聡《さと》い子供に、嘘《うそ》を吐《つ》きたくなかった。

「言えなくはないけど、言いたくないんだ。許してくれる？」

「……うん、いいよ。まおがそうしたいなら、ゆるしてやる」

碧斗がぎゅっと舞桜に抱きついてくる。舞桜より高い体温は、いつだってほんわかした幸せを連れてきてくれた。

「ありがとう、碧斗」

よしよしと頭を撫《な》でると、舞桜の胸に顔を埋《うず》めていた碧斗がばっと顔を上げる。

「まお、おなかすいた！」

そうして碧斗はにかっと笑う。こんなに小さな体で、そうして舞桜の我が儘《まま》を許してくれる碧斗に、舞桜は敵《かな》わないなあと思った。そして心の中でもう一度ごめんねと謝る。

話してあげられなくてごめん。でも、絶対に碧斗のことは守るから。

「今日の夕飯はなんと、碧斗の大好きなカレーです！」

「やったー！　……って、いっしょにかいものにいったんだからしってるって！」

「あはは！　じゃがいもの皮むき、ちゃんと手伝ってね？」

「まかせとけよ、おれ、ほいくえんでいちばんじょうずだったんだからな！」

「うわあ、頼もしいな。じゃあ人参《にんじん》も任せちゃおう」

碧斗とこうして笑い合える時間を、絶対に守ってみせるから。


次の日。

「うわ、もうこんな時間だ」

舞桜はスマホで時間を確認しながら、早足でキヌの家へと向かっていた。医院の昼休憩《きゅうけい》の間に、キヌの着《き》替《が》えを入院先の病院に届けるためだ。

今日は患者《かんじゃ》が多く、午前の診察《しんさつ》の終了《しゅうりょう》時間がずれ込んでしまった。佐知は気にせずゆっくり行っておいでと言ってくれたが、午後は予防接種の予約がたくさん入っていてとても佐知一人でこなせる状況《じょうきょう》ではない。

舞桜がそのことを話すと、佐知は申し訳なさそうな顔をして『なるべく早く帰ってきてください』と言っていた。時間内に戻ってくるのは当たり前のことなのに、何故《なぜ》か佐知が懇願《こんがん》するという状況に、思わず笑ってしまった舞桜だ。本当に佐知は優しい。

とにかく急がなくては。時間を気にしながらキヌの家を目指す。二度と同じ失敗をしないためにと、看護服を着替えた時間が余計だった。もういっそ上からコートを羽織るだけでよかったのに。

そんなことを考えながら急いでいたが、キヌの家がもうすぐそこまで迫《せま》ってきたところで、舞桜の足が止まった。

「ちっ……」

舌打ちが聞こえる。会いたくなかったのは、向こうも同じらしい。

「帰ってください」

キヌの家の前に立っていたのは優斗だった。また現れるかもしれないとは思っていたので驚《おどろ》きはなかったが、まさかここで会うとは思わなかった。

保育園の近くに現れた時も思ったが、どうしてここが分かったんだろう。キヌは優斗のことを警戒《けいかい》して、親戚《しんせき》にも行き先を告げていないと言っていたのに。

　碧斗の保育園近くで会った時点で、碧斗の保育園には連絡《れんらく》を入れている。誰が来ても連絡先を教えないようにお願いしたが、そもそも個人情報の取扱《とりあつか》いにうるさい昨今、舞桜が連絡をしなかったとしても、保育園が勝手に碧斗の個人情報を誰かに教えることはあり得ない。

「ここは俺の母親の家なんだろ？　だったらお前には何の権限もない」

「あなたはとっくに、キヌさんと碧斗の家族じゃないと思ってましたが」

「ははは、言うじゃないか。別に俺は、ここでずっと騒《さわ》いでたっていいんだけどな。皆《みな》さーん！　ここに住んでいる吉原キヌは、息子《むすこ》のことを――」

「やめてくださいっ」

　キヌと碧斗は長屋に住んでいるが、ご近所さん達には碧斗の父親は死んだことになっている。ここで騒ぎを起こせば嘘がバレてしまう。

「プライドの高い母さんのことだから、どうせ俺のことはなかったことにしてると思っていたが、やっぱりか」

「……話は中で聞きます。どうぞ」

　ポケットから合い鍵《かぎ》を出し、玄関《げんかん》を開けて中に通す。本当はキヌと碧斗の大事な家に入れたくなどないが、選択肢《せんたくし》がなかった。

「まるで、ここが自分の家みたいな顔だな。いつの間に母さんにすり寄ったんだ。父さんの退職金を貯《た》めこんでいるから、どうせそれが狙《ねら》いなんだろう？」

きょろきょろと無遠慮《ぶえんりょ》に家の中を見回しながら、優斗が舞桜を嘲笑《あざわら》う。怒鳴《どな》りつけたくなる気持ちを、舞桜はぐっと堪《こら》えた。

「あなたと一緒《いっしょ》にしないでください」

家の中を見れば、キヌと碧斗がどれほど質素な生活をしているか分かるはずだ。キヌには確かに少しのまとまったお金はある。だがキヌは自分の年齢《ねんれい》のことを考え、せめて碧斗が生きていくのに困らないようにと、常に節約をしてお金を貯めていた。

舞桜が金銭的な援助《えんじょ》を申し出た時も、『それなら、もし私が死んだ後、碧斗のことをお願いできないかしら』とだけ言い、決してお金は受け取ってくれなかった。舞桜にできるのは、キヌが負担に感じない程度の差し入れと、誕生日やクリスマスのプレゼントぐらいだ。

そんなキヌの苦労も知らないで、と思えば、腸《はらわた》が煮《に》えくり返るほどに腹が立つ。それでもにっこり笑って言い返せたのは、晴海の教えを思い出したからだ。

『相手に隙《すき》を見せるな。どんな時でも、余裕《よゆう》のある顔をしていなさい』

優斗と対峙《たいじ》することは舞桜の神経をすり減らすが、晴海のことを思い出すだけで、強くなれる。晴海が舞桜に与えてくれたものが、舞桜のことを守ってくれると分かっていた。知識と経験。それはどんな時でも武器になる。今度こそ、無駄《むだ》にはしない。

「どうして、ここが分かったんですか？」

居間に通した優斗に茶を出す。招かれざる客に茶など淹《い》れる必要があるのかと自分でも思ったが、少し気持ちを落ち着けたかった。

ちゃぶ台に湯飲みを置いて腰《こし》を下ろしたら、優斗も目の前に腰を下ろしたものの、茶には目もくれない。毒でも入っていると思っているのかもしれない。入れてやればよかったのに。

「息子が母親を捜《さが》しちゃ悪いのか？」

答えになっていない。だが、答えない時点でろくな理由じゃないことは分かった。

「じゃあ、質問を変えます。何をしに来たんですか？」

「お前に答える義理はない。それよりお前のほうこそ、ここで何をしているんだ。母さんは今入院しているはずだろ？　誰《だれ》もいない間に、盗《ぬす》みでも働きに来たのか？」

優斗は、キヌが入院していることを知っている。もしかしたら入院先の病院も知っているのかも。その上で病院に行かずにここへ来たのだとしたら、優斗のほうこそ無断で中に入るつもりだったのでは？　という疑念が湧《わ》いた。舞桜がこの家の鍵を持っていたのにここに住んでいるのかと聞かなかったことからも、優斗がある程度キヌの状況を知っていることが窺《うかが》える。

だが、もしかしたらカマをかけられているだけかもしれない。舞桜は挑発《ちょうはつ》に乗ることなく、ふっと笑ってみせた。

「俺は、碧斗の忘れ物を保育園に届けに行くだけです。キヌさんは携帯《けいたい》を持っていないので、連絡が取れなかったようで」

「碧斗の保育園の連絡が、お前に来るのか。ここの合い鍵も持っているようだし、上手《うま》く取り入ったものだな。まさか、母さん相手に色仕掛《いろじか》けをした訳じゃないだろうな？」

「……っ、自分の母親を貶《おとし》めるなんて、何を考えているんですか。キヌさんがそんな人じゃないことぐらい、あなたが一番よく分かっているはずです」

「ははは、まさかお前に母親のことを諭《さと》されるとはな」

「………」

「お前の母親は、誰とでも寝《ね》るアバズレだったって言うのに」

立ち上がった優斗に、どんっと肩《かた》を突《つ》き飛ばされる。ちゃぶ台の湯飲みが倒《たお》れて茶が畳《たたみ》を濡《ぬ》らしたが、それを拭《ふ》く間もなく優斗が舞桜の体に乗り上がった。

「お前、本当に憎《にく》らしいほどあの女に似ているな」

「何を……っ」

「どうせお前も淫乱《いんらん》なんだろう？　伊勢崎の坊《ぼっ》ちゃんのことを咥《くわ》えこんで、あんあん言っているんじゃないのか？」

「………っ!!」

　こちらを見下ろす優斗の表情が、いやらしく歪《ゆが》む。

　まさか自分がそのような想像の対象になるなんて、思いもしなかった。自分を押さえつけて見下ろしてくる優斗を、ただ茫然《ぼうぜん》と見上げる。

「あの女は、抱《だ》くには最高の女だった。快楽のためなら、どんなことでもしてくれたぞ？　ここも好きだった」

　優斗の手が、ぐっと舞桜の尻《しり》を摑《つか》む。指で奥をなぞられて、背筋がぞっとした。

「どうしてやったら喜んだか、お前にも教えてやる。親子だからな、きっとお前も気に入るだろう。伊勢崎の坊ちゃんにも、やってやれば喜ぶんじゃないのか？」

　本気だ。本気で、この人は舞桜を抱こうとしている。幼かったあの時、最後に投げつけられた言葉はひどいものだったが、それでもかすかに残っていた過去の優斗との親子としての記憶《きおく》が、無残に砕《くだ》け散った。

「俺は、男ですよ？」

　それでも、絶対に弱みは見せない。舞桜は口元に笑《え》みすら浮《う》かべ、馬鹿《ばか》馬鹿しいと吐《は》き捨てた。

「男にだって穴はあるだろう？」

「突っ込んで欲しいんですか？　申し訳ないですけど、俺にも好みがありますので。さすがにあなた相手じゃ勃《た》ちそうにありませんね」

「はっ、偉《えら》そうな口を利《き》くようになったもんだな。お前だって母親と一緒じゃないか。伊勢崎の坊ちゃん相手に毎晩股《また》を開いてるくせに」

「下世話な勘違《かんちが》いはやめてください。あの人はただ、何も知らない俺に生きていく術《すべ》を教えてくれただけです」

目は逸《そ》らさない。こんな男には、絶対に屈服《くっぷく》しない。晴海は舞桜に、生きていく術を教えてくれた人だ。その晴海を馬鹿にしたこの男を、舞桜は絶対に許さない。

「生きていく術、ね。その綺麗《きれい》な顔を使って人を誑《たら》しこんで、坊ちゃんのお役に立ってるって？」

「この顔に誑しこまれたいのはあなたのほうでしょう？　そんなに母に未練があるんですか？　だったら今すぐ母のところに行って、やり直してくれと縋《すが》ればいいじゃないですか」

「……っ！　貴様っ、よくもそんなことが言えるなっ、あの女とお前が俺にしたことを忘れたのか！」

　優斗の表情が怒《いか》りに歪む。わざと怒《おこ》らせている自覚はあった。これ以上、晴海のことを馬鹿にされたくなかったから。恨《うら》むなら、舞桜と母を恨めばいい。その怒りは正当なものだ。母は確かに優斗を裏切ったし、舞桜はその裏切りの証拠《しょうこ》だ。

「俺と母のことはいくらでも恨んでください。その件に関してはあなたは被害者《ひがいしゃ》だ。……でも、キヌさんと碧斗に対しては違うでしょう？　あの二人は、あなたの本当の家族なのに、どうしてあの二人を大事にしないんです」

「うるさいっ、うるさいうるさいうるさいっ!!　お前なんかに何が分かる!!　二度も裏切られた俺の気持ちがっ、お前になんか分かるはずがないだろうがっ!!　いいか!?　お前らみたいなやつのせいで、俺の人生は滅茶苦茶《めちゃくちゃ》になったんだ!!　明後日《あさって》までに金を用意しないと、俺は……っ」

「借金をしてるんですか？」

以前もキヌに金の無心をしていたと聞いていた。碧斗の母に不倫《ふりん》された後、優斗は仕事も辞《や》めてギャンブルにのめりこむようになったのだ。

「あともうちょっとで勝てるはずだったんだ！　そうしたら、借金なんてまとめて返せるはずだったのに……っ！」

「じゃあ、キヌさんのところへ来たのは、お金が欲しかったからですか」

正直、そんなことか、と思った。今更《いまさら》優斗が碧斗を引き取ると言い出したらどうしようと思っていたが、金の無心に来ただけだったと知ってほっとする。

「母さんが駄目《だめ》だったらお前の母親でもいいっ、俺をこんな風にしたのはそもそもあいつが悪いんだから、あいつに金を出すように言えっ!!」

「自分で会いに行けばいいじゃないですか」

「行ったさ！　だがあいつの実家にはもう別の人間が住んでいたんだ！　お前だって知っているだろうが！」

知らなかった。そうか、もうあの場所に母はいないのか。だったらもう、何があっても舞桜があの物置に戻《もど》されることはないのか。……知った感想は、ただそれだけだ。

「くそっ！　時間がないんだ！　母さんかお前の母親を出せ！　それができないならお前を……っ」

　そこまで言って、優斗の唇《くちびる》が歪んだ。

「そうか、そうだな、お前を差し出せばいいんだっ、お前が客を取れば、いくらだって稼《かせ》げるだろうさ！　そうすればあいつらだって借金をチャラにしてくれる！」

　優斗の目が血走る。人が正気を失っていく瞬間《しゅんかん》を、舞桜は初めて目前にした。そこまで追い詰《つ》められているのか。

「はははっ、いい考えだ！　淫乱なお前にはお似合いじゃないか！」

　ぐっと顎《あご》を掴まれる。そうして優斗の顔が近寄ってきた。

「まずは俺が味見をしてやる。俺がお前達親子に味わわされた屈辱《くつじょく》と同じだけ、お前の体にも屈辱を味わわせてやるからな」

　優斗の手が舞桜の首筋に這《は》わされ、嫌悪感《けんおかん》で舞桜の体にぶわりと鳥肌《とりはだ》が立った。信じられない。偽物《にせもの》とはいえ、一時は親子だった時もあったのに、この男はそんな自分を抱こうというのか。

『舞桜、誰《だれ》にもこの体を触《さわ》らせるなよ』

　晴海の声が、頭の中に木霊《こだま》した。次の瞬間、舞桜の手が優斗の手を掴む。

「俺の全部は、もうあげてしまってるんです」

「ぎ、やぁあああああっ！」

晴海に教えられた通り、手を捻《ひね》り上げて体を反転させる。立ち上がり、痛がる優斗を引きずって玄関《げんかん》に放《ほう》り出した。

「これに懲《こ》りたら、二度と来ないでください」

「こ、こんなことして、ただで済むと思うなよ！」

口ではそう言った優斗だが、舞桜と距離《きょり》を空けたままでいるところを見ると、心は充分《じゅうぶん》にへし折れているらしい。これも晴海の教えだ。やる時は思いきり。相手に勝てる目算を立てさせないほどに。

「負け犬の遠吠《とおぼ》えも、ここまでテンプレ通りだと笑えもしませんね。外で騒《さわ》いだら、その時はもっとひどい目に遭《あ》わせます。俺に、犯罪を起こさせないでくださいね」

そう言い置いて、ぴしゃりと玄関を閉める。鍵《かぎ》を閉め、その足でトイレに駆《か》け込んだ。

「ぐっ、う、おえ……っ」

胃の奥からせり上がってくるものを吐き出す。気持ち悪い、汚《けが》らわしい、みっともない。思いつく限りの罵詈雑言《ばりぞうごん》が頭に浮かんだ。向けられているのは、自分だ。

舞桜はこれまで、性的なことを意図的に避《さ》けてきていた。自分がいつか、母のようになるのが怖《こわ》かったから。

優斗の言葉が頭に木霊する。

『どうせお前も淫乱なんだろう？』

やっぱり、そうなんだろうか。自分は母と同じなのか。

それは舞桜にとって、自分が悪魔《あくま》だと言われているのと同じだった。


その後はもう散々だった。

結局キヌの着《き》替《が》えを持っていく時間はなくなったし、考え事をしていたせいで碧斗のお迎《むか》えの時間にも遅《おく》れてしまった。その上、帰宅すると聞いていたのに晴海の分の食事を作り忘れ、風呂場《ふろば》では危《あや》うく溺《おぼ》れ死にそうになった。

「俺に話す気はないのか？」

だから、碧斗が眠《ねむ》った後のリビングで、晴海にそう言われてしまったことは当たり前のことだった。

「……キヌさんの家の前で、優斗さんに会いました」

ソファに座ってニュースをチェックしていた晴海の隣《となり》に腰《こし》を下ろす。晴海はリモコンでテレビを消しながら、何事かを呟《つぶや》いた。

「ちっ、あの馬鹿ども、護衛をサボったな」

「え？」

「いや、何でもない。続けなさい」

「俺、ちゃんと撃退《げきたい》しました。晴海さんのお陰《かげ》です」

「俺は関係ないだろう。君を助けに行けなかったんだからな」

「いえ、ちゃんと晴海さんはいました。俺の心の中に」

「…………」

　確かにあの場に晴海はいなかったが、舞桜にとってはいるのと同じだった。いつだって、晴海の言葉が舞桜を勇気づけてくれた。

「だから、大丈夫《だいじょうぶ》ですよ？」

　舞桜がにっこり笑ってみせると、晴海は何故《なぜ》か痛そうに顔を歪《ゆが》めた。

「何が大丈夫だ。全然大丈夫な顔をしていないだろうが。あの碧斗ですら、今日は我が儘《まま》を言わなかっただろう？　君と二人でベッドで寝《ね》ると、朝はあれほどごねていたのに。君の異変に気づいていたからだ」

　碧斗にまで気遣《きづか》われていたことに、指摘《してき》されるまで気づけなかった。どうして舞桜はこんなにも鈍《にぶ》いんだろう。本当に情けない。

「どうして君はそう意地を張る。いつになったら、俺に全部を曝《さら》け出してくれるんだ」

「俺は、本当に――」

舞桜の言葉を最後まで聞かず、晴海の腕《うで》が舞桜を抱《だ》き寄せる。

「傷ついた時は泣けばいい。腹が立った時は怒《おこ》れ。俺だけだ。他《ほか》には誰《だれ》も見ていない。ここだけのことにしてやる」

「別に、傷ついてなんて……怒って、なんて……っ」

声が、震《ふる》える。誤魔化《ごまか》さなければと、そう思うのに、腹の底からぐわっと感情が押し寄せてくる。

言っても、いいんだろうか。一人で……堪《こら》えなくてもいいのかな？

「……お前も同じだ、って言われました。お母さまと同じ淫乱《いんらん》だって……」

舞桜を抱く晴海の腕に力が籠《こ》もる。ああ、この人は怒ってくれている。舞桜なんかのために。

そう思うと許されているようで、感情がぼろぼろと零《こぼ》れ落ちていく。

「いん、淫乱だって……はははっ、お母さまと一緒《いっしょ》だって……っ、俺が、あんなに綺麗《きれい》な人と同じな訳、ないのにっ」

母は、息子《むすこ》の自分から見ても大層綺麗な人だ。悪魔は人を惑《まど》わすために、美しい姿をしているという。もし実在しているとしたら、きっと母のような姿なのだろうと思ったことがある。

母は美しい。けれど悪魔だ。一時の快楽のために全《すべ》てを捨てられる。子供のことだって。

「君は綺麗だ」

「綺麗じゃ、ないです……っ、俺は、俺は……っ、あの人の罪の、証《あか》しなんです！」

どうして母は自分を産んだのだろう。それが舞桜にはどうしても分からない。

「俺の言うことが間違《まちが》っていると言うのか？」

晴海にそう言われて黙《だま》り込む。晴海はいつだって正しい。舞桜の先生だ。

「……だったら、俺もいつか、淫乱になるのかな……？」

いつも正しい晴海が舞桜のことを綺麗だと言うなら。いつかは自分も、母のように人を惑わす悪魔になるのか。そんなの怖い。絶対に嫌《いや》だ。

「もし君が淫乱になるなら、俺が責任を取ってやる」

「え？」

晴海が舞桜の顔を覗《のぞ》き込んでくる。ほろりと零れた涙《なみだ》を、指が拭《ぬぐ》ってくれた。

「俺の前では、いくらでも淫乱になっていい。他の誰にも見せない。どこかへ閉じ込めて、俺だけの君にする。だから安心して、淫乱になっていい」

真剣《しんけん》な顔でそう言う晴海を、馬鹿《ばか》な人だな、と思った。晴海はいつも、舞桜なんかと真っすぐに向き合ってくれる。けれど晴海がそうして舞桜を大事にしてくれるから、ただの虫けらのように感じていた自分のことを、舞桜は少しずつ大事にできるようになったのだ。

「君は全部を俺にくれたんだろう？　だったら君は俺のものだ。いくら君でも、俺の大事なものを侮辱《ぶじょく》するのは許さないぞ」

そう言って、晴海の手が本当に大事そうに舞桜を抱きしめてくれた。晴海の温《ぬく》もりが舞桜の心に浸透《しんとう》して、傷つけられた部分を癒《い》やしていく。

　こんな風に抱きしめてくれる腕がある幸福。あのまま薄暗《うすぐら》い物置にいたら手に入れられなかったもの。この腕は、舞桜が自分で選び取った腕だ。

「……晴海さんは、俺を甘やかしすぎです」

　こんなに優《やさ》しくされたら、これは永遠のものだと勘違《かんちが》いしてしまう。いつかこの腕を失《な》くした時に、立ち上がれなくなってしまうのに。

「俺の怖さを、君はどうも分かっていない。だが、分からないままでいい。そのままそばにいろ」

　分かっていないのは晴海のほうだ。晴海は極道《ごくどう》ではあるけれど、ちっとも怖くなんかない。東雲組の組員や、時には佐知までが晴海のことを怖いと言うが、皆《みな》、この人の優しさを分かっていないだけなのだ。

　だがこの優しさはいっそ毒だ。少しずつ舞桜を蝕《むしば》み、いつか舞桜を殺してしまう気がした。


「お待ちしてましたよ、舞桜さん」

　東雲邸《てい》に入るなり、玄関先《げんかんさき》にずらりと出揃《でそろ》った組員達に歓迎《かんげい》され、舞桜は恐縮《きょうしゅく》して「お邪魔《じゃま》します」と頭を下げた。

晴海の命令で、今日からしばらく舞桜と碧斗は東雲邸で暮らすことになった。舞桜は何度も固辞したが、最後には晴海に『君のためじゃない、碧斗の安全のためだ』と言われ、折れるしかなくなったのだ。だがやはり、いくら碧斗の安全のためとはいえ、東雲組にこれ以上の迷惑《めいわく》をかけるのは心苦しい。

「なるべく邪魔にならないようにしますので——」

「やめてくださいよ、舞桜さん」

舞桜の言葉を遮《さえぎ》り、組員達が笑顔《えがお》を見せる。

「俺ら、舞桜さんが来るのをめっちゃ楽しみにしてたんですから」

「そうそう。舞桜さん、最近元気なさそうだったから、笑顔が見られて嬉《うれ》しいっす」

「え？」

驚《おどろ》いて、思わず組員の顔を凝視《ぎょうし》してしまった。

「俺のこと、気にしてくれてたんですか？」

「当たり前っすよ！　佐知さんだってずっと気にしてましたよ？　舞桜さんがうちに来るって聞いて、誰《だれ》よりも張り切ってるんすよ。でも、ここだけの話、佐知さんのやる気って空回りすることも多いんで、もしかしたら迷惑だったりするかもしれねえんすけど、できればお付き合いいただけると嬉しいっす」

「ふふ、了解《りょうかい》です」

　東雲組の組員達と佐知は、とてもいい関係を築いている。怪我《けが》をして医院に来るたび、組員達は佐知に滅茶苦茶《めちゃくちゃ》怒られているが、それが心配から来るものだと彼らはよく理解していた。

　佐知は彼らのことを『家族』だという。そして舞桜のことも、その片隅《かたすみ》に入れてくれている。

それはとても幸せなことだ。

「碧斗君は史坊《ぼっ》ちゃんと一緒に、今は居間で遊んでます」

「まずは荷物を片付けてから居間に来るように伝えてくれ、と佐知さんから仰《おお》せつかってますんで」

「ありがとうございます」

　今日の碧斗のお迎《むか》えは、佐知が史のお迎えと一緒に行ってくれていた。舞桜はその間に、滞《たい》在《ざい》中に必要な着替《きが》えなどを取りに帰っていたのだ。

「お部屋に案内しますね」

「お布団《ふとん》は二つでいいっすか？　俺、取ってきますよ！」

「あ、ずりぃぞ！　じゃあ俺は荷物を運びますから！」

　東雲組の組員達の中には雨宮医院の常連もいて、ほとんどが顔見知りだ。舞桜が佐知の護衛を兼《か》ねたスパイをしていることを知っているからか、まるで同じ組員の一員であるかのように、皆とてもよくしてくれる。

　けれど、忙《いそが》しい組員達の手を煩《わずら》わせるのは気が引けて、舞桜は笑顔で手を振《ふ》った。

「いえいえ、皆さんお忙しいでしょう？　自分で――」

「……お前達、暇《ひま》そうにしているじゃないか」

通りかかったのは、書類を手にした晴海だった。眉間《みけん》に皺《しわ》が寄っているのを見ると、かなり忙しいに違いない。

「ほ、補佐《ほさ》！」

「そんなに暇なら仕事を与《あた》えてやる。今すぐこの書類を若のところへ持っていけ」

「い、いやですよ！　今、若は佐知さんと一緒で……っ」

「聞こえなかったのか？　俺が行けと言ったら、お前がする返事はハイかイエスかイエスサーだけだ」

「イ、イエッサー！」

晴海さん、それ全部同じですよ。賢吾に負けず劣《おと》らずの暴君ぶりを見せる晴海に、舞桜は相当機嫌《きげん》が悪いらしいと察して黙っておくことにする。

さっと敬礼をした組員達がばたばたと去っていくのを見送って、晴海がぼそっと呟《つぶや》いた。

「ぷっ……」

「極道が敬礼してどうするんだ」

「何がおかしい」

「いえ、本当にそうだなと思って」

敬礼自体は必ずしも警察官だけがするものではないが、イメージとして警察官が浮《う》かぶのは事実である。極道組織にとっては天敵と言える相手の真似《まね》をしているなんて、考えるとおかしくなってきた。

「ここへ連れてきたのは、組員達と親睦《しんぼく》を深めさせるためじゃない。なるべくかかわらないように」

「はい、すみません」

確かに。賢吾と晴海に仕えている舞桜だが、東雲組の杯《さかずき》を受けている訳ではない。あまり出しゃばらないようにしなければ、と舞桜が頷《うなず》くと、すぐにため息が聞こえてきた。

「いや、すまない。今のは気にしなくていい」

「え？」

「君達の部屋はここだ」

疑問を聞き返す間もなく、廊下《ろうか》に面した襖《ふすま》の一つを晴海がすぱんと開く。

「まだ少し片付ける仕事が残っているから席を外す。すぐに戻《もど》ってくるから、まずは荷物を片付けなさい。家具は好きに使っていい」

「はい、ありがとうございます」

晴海が足早に去っていく。何だか変だなと思ったが、仕事が忙しいせいかもしれないと気を取り直し、持ってきた荷物をタンスに仕舞《しま》うことにした。

「おう、来たな」

開け放したままの襖から、ひょっこりと賢吾が顔を出す。

「賢吾さん……このたびは、ご迷惑をかけてしまってすみません」

舞桜は賢吾の役に立たなければならない立場なのに、と情けなさで声が小さくなった。

「お陰《かげ》でここのところ、面白《おもしろ》いもんが見られてるからな。謝る必要なんかねえぞ」

くくく、と笑う賢吾の言葉の意味は分からなかったが、とりあえず楽しそうなので水を差さずに曖昧《あいまい》に笑みを返す。

「それに佐知がお前のことも家族だっつってるからなあ。佐知の家族は俺の家族だ。遠慮《えんりょ》せず好きなだけいればいい」

賢吾という人は、佐知のやることなら全部受け入れてしまうのだ。浮気《うわき》以外は。いや、もしかしたら浮気だって受け入れるかもしれない。相手がどうなるかはまた別の話だが。

「賢吾さんは、本当に佐知さんが大好きですよね」

「違うな。大好きなんじゃねえ、愛してんだ」

「でかい声で何言ってんだ馬鹿《ばか》。廊下まで聞こえてんだよ馬鹿」

そう言って賢吾の背後から現れたのは佐知だ。最初からいたのか、それとも途中《とちゅう》で来たんだろうか。賢吾の体にすっかり隠《かく》れていたから分からなかった。

「佐知さん、ご挨拶《あいさつ》が遅《おく》れてすみません」

「やめろよ、他人行儀《たにんぎょうぎ》だな。好きなだけいてくれていいから。舞桜がいてくれたほうが、俺も助かるし」

「ありがとうございます」

舞桜がいても大して役に立てるとは思えないが、佐知のその気持ちが嬉しい。

「俺、舞桜がしばらくここにいてくれるって聞いて、滅茶苦茶《めちゃくちゃ》楽しみにしてたんだ！　あ、舞桜はストーカーに狙《ねら》われてるって話だから、喜ぶのは不謹慎《ふきんしん》か……」

賢吾と晴海以外の人達には、舞桜がストーカーに狙われているということになっている。佐知に本当のことを話そうかとも思ったが、そうなると碧斗とキヌとの関係についても話さねばならず、舞桜には決心がつかなかった。

結局のところ、舞桜は事実を認めたくないのかもしれない。碧斗やキヌと血が繋《つな》がっていない事実を、なるべく誰《だれ》にも知られたくない。兄弟だと、家族だと思われていたい。実際はそうじゃなくても。

「俺も、佐知さんと一緒《いっしょ》に暮らせるのを楽しみにしてたんです。せっかくだから、佐知さんの手料理を教えてもらおうと思って」

「俺より舞桜のほうが上手《うま》いだろ？　あ、でも、今日は舞桜と碧斗のためにパーティーしようと思ってるから楽しみにしててくれよ！　……ああ、でも、舞桜はそんな気になれないかもしれないよな、ごめんな？」

「こんな感じで張り切ってるから、悪いが遊んでやってくれ」

一人で百面相をしている佐知に噴《ふ》き出し、賢吾が佐知の頭をぽんぽんと叩《たた》いた。

「なんだよ、俺が空回りしてるみたいな言い方やめろよ」

「みたい、じゃなくて、今のは完全に空回ってただろ。人の不幸を喜んでパーティー開催《かいさい》するって、お前は鬼畜《きちく》かよ」

「う……っ、そんなつもりじゃなかったもん……」

「分かってますよ、佐知さん。賢吾さんも、俺をダシにしてわざと佐知さんをからかわないでくださいよ」

タンスに荷物を移し終え、持ってきた紙袋《かみぶくろ》を畳《たた》みながら笑う。佐知と賢吾と話していると、心がふんわりと軽くなる。これは二人の空気感のなせる業《わざ》だ。

だが、そんな風にほのぼのとした気持ちになれたのはそこまでだった。

「おや？　伊勢崎が戻ったと聞いたんだけど、どこに行ったんだい？」

賢吾を押し退《の》けて部屋に入ってきたのは京香だった。笑顔《えがお》を作りかけた舞桜は、京香が手に持っているものに気づいて不自然に頰《ほお》を引きつらせてしまう。

「せっかくお見合い写真を見せてやろうと思ったのにねえ」

「ばばあ、まだ諦《あきら》めてなかったのかよ」

「あたしだって一度は諦めたんだが、あちらさんがものすごく乗り気でねえ。まあ伊勢崎ほどの男はなかなかいないからね。たとえ性格があれでも、ね」

「どんな方なんですか？」

今度は、ちゃんと笑顔を作るのに成功する。けれど、ちゃんと自然に笑えているかは自信がなかった。おかしいな、笑うのってこんなに難しかっただろうか。

「これがまた、伊勢崎にはもったいないぐらいの美人なんだよ。頭だっていいし、お茶にお花に日舞《にちぶ》までこなすお嬢様《じょうさま》でねえ。これならあの伊勢崎だって文句ないだろうさ」

自慢《じまん》げに京香が開いたお見合い写真に写っていたのは、見るからに清楚《せいそ》で聡明《そうめい》そうな美しい女性だった。伊勢崎の隣《となり》に並んだ姿を想像すると、とてもお似合いに思える。

……この人が、晴海さんのお見合い相手、か。

お茶にお花に日舞をこなすお嬢様。そんな環境《かんきょう》で育った方ならきっと、物置で育った舞桜なんかよりも、晴海が過ごしやすい環境を作ることができるに違《ちが》いない。

お見合い写真に写った綺麗《きれい》な女性から、目が離《はな》せない。自分とあまりに違いすぎて。

どうして、比べてしまうんだろう。そもそも、自分はそんな立場にいないのに。

「舞桜？　どうしたんだい？　もしかしてあんた……」

「ばばあのカンも鈍《にぶ》ったもんだな」

「え、じゃあやっぱり……？」

京香と賢吾の会話が頭に入らないまま、舞桜は笑みを浮かべる。いや、浮かべたつもりだった。

「すごく素《す》敵《てき》な人ですね。伊勢崎さんの好みは知りませんけど、こんなに素敵な人なら、俺が結婚《けっこん》したいぐらいです」

「舞桜……」

何故《なぜ》か、京香の表情が悲しげに歪《ゆが》む。何か、間違ってしまっただろうか。舞桜ごときが結婚したいなんて言うのは、失礼だったんだろうか。

どんな表情をしていいか分からず、とりあえず笑みを浮かべ続けるしかできない。不自然な間に舞桜が戸《と》惑《まど》っていると、京香の背後から声が聞こえた。

「なるほど、君の好みはこういう女か。この手の女は金がかかるからやめておけ」

晴海だった。せっかく京香が見つけてきてくれたというのに、ひどい言い草だ。

「伊勢崎、失礼なことを言うんじゃないよ。本当にいいお嬢さんなんだよ？」

ほら、京香さんが怒《おこ》ってる。舞桜はちらっと晴海に視線を送って晴海が謝罪するのを待ったが、謝罪どころか、晴海の口から出てきたのは、更《さら》なる悪態だった。

「俺にお見合いをさせたければ、まずは俺の心労を減らしていただきたいものですね。そうやって姉《あね》さんが目を離した隙《すき》に、組長がこっそり出かけようとしているのですが、お止めにならないのですか？」

「何だって？　どうして止めなかったんだい⁉」

「俺は姐さんと違って、他人の色恋《いろこい》に首を突《つ》っ込む主義ではないので」

「……なるほど。どうやらあたしはとんだお節介《せっかい》をしたらしいね」

「俺はただ、放《ほう》っておいて欲しいだけですよ？　今、裏口から逃《に》げようとしている組長のように。早く追いかけないと、もう間に合わないかもしれませんね」

「……っ！　ああもう！　この話は後でまたゆっくりするからね！」

　京香が走り去っていく。吾郎を追いかけるつもりらしい。舞桜はそれをぼうっと見送ったが、賢吾は腹を抱《かか》えて笑い出した。

「なるほどな。ばばあを追い払《はら》うにはじじいを餌《えさ》にすればいい訳か。やるな、伊勢崎」

　賢吾は顎《あご》に手を置いてしつこく笑っていたが、晴海はにこりともせずに手に持っていた書類を賢吾に突き出す。

「若、そんなにお暇《ひま》なら今すぐにこちらの書類に全《すべ》て目を通して判をください。それから佐知さん、本日は帰宅後に組長の往診《おうしん》をしてくれるはずでしたよね？　佐知さんがこんなところで油を売っていたから、組長が姐さんの目を盗《ぬす》んで遊びに行ってしまうのでは？」

「え？　俺？」

「すみません、伊勢崎さん。俺が佐知さんを引き留めちゃったんです」

　佐知は舞桜の様子を見に来てくれたのだ。碧斗のお迎《むか》えだって頼《たの》んでしまったし、佐知の予定が狂《くる》ったとしたらそれは舞桜のせいだった。

「君は気にしなくていい。そんなことより、少し横になったらどうだ。碧斗のことは佐知さんに任せておけ。そうですよね、佐知さん」

「あ、はい。……いや、でも俺、吾郎さんのことを捜《さが》しに行かないと――」

「今更《いまさら》そんなことをしても無駄《むだ》ですよ。もうとっくに逃げた後です」

「はい、すみません……」

「おい伊勢崎、佐知に八つ当たりするな」

「佐知さんを庇《かば》っている暇があったら、若も仕事をしてください。そもそも若が勝手にいなくなるから仕事が滞《とどこお》るんです。予定通りだったら、俺の仕事はもうとっくに終わっていたはずなんですよ？」

「分かった分かった、すぐに終わらせるから」

賢吾はぼりぼりと頭を掻《か》いて、晴海から書類を受け取った。

「さっき組員からも受け取ったが、これはその続きか？」

「あれはボツになった分です。ただの嫌《いや》がらせですのでお気になさらず」

晴海はにっこり笑ってそう言うと、もう一度舞桜に視線を戻《もど》す。

「後で話がある。それまで、ゆっくりしていなさい」

「……はい」

舞桜が頷《うなず》くのを確認《かくにん》して、晴海は仕事に戻っていった。晴海の足音が聞こえなくなるのを見計らったように、佐知がぼそっと賢吾に話しかける。

「何か、態度が違いすぎない？」

「何だ佐知、お前伊勢崎に優《やさ》しくされたいのか？　それは浮気《うわき》か？」

むっとした顔で賢吾が佐知に詰《つ》め寄った。いつもなら微笑《ほほえ》ましいと思うところだが、舞桜の頭には晴海の言葉がリフレインしていた。

『後で話がある』

どんな話なんだろう。晴海のお見合い相手に対して結婚したいなどと言ってしまったから、そのことを怒っているんだろうか。

お見合いに対して乗り気であるようには見えないが、だからといって楽観はできない。晴海は合理主義だ。本来、自分にとって何かしらのメリットがあるなら可能性を排除《はいじょ》しない。それなのに、相手を知る前からお見合いを拒否《きょひ》していたことも気になった。

やっぱり、佐知さんのことを諦められないんだろうか。

そう考えたら、心臓がどきりと嫌な音を立てた。だから、佐知に八つ当たりをしてしまったのだろうか。もしそうなら、晴海がその気持ちを捨てたら、その時は誰《だれ》かとお見合いしてしまうのだろうか。いや、もしかしたら……誰かと恋に落ちてしまうのかも。

「舞桜？」

佐知の声で我に返る。

「ああ、すみません。そろそろ碧斗の様子を見に行こうかなって考えてました」

「碧斗達のことは俺が見ておくから、気にせずゆっくりしてればいいよ」

「いえ、俺のせいで碧斗を振《ふ》り回してしまってるので、せめてなるべく一緒《いっしょ》にいてあげたいんです」

　これ以上、佐知に迷惑《めいわく》をかけたくない。舞桜はよいしょと立ち上がり、いつもの笑顔《えがお》を見せた。

「そうか？」

「はい。夕飯のお手伝いもさせてください」

　そうして、仕事をすることになった賢吾と別れ、佐知と共に居間に向かう。

　居間では碧斗と史が二人仲良く遊んでいた。舞桜に気づくと、二人は口々に「おかえりー」と言いながら駆《か》け寄ってくる。

「まおちゃん、きょういっしょにおふろはいろう？」

「俺も一緒でいいの？」

「うん！　あおとといっしょにおふろでみずでっぽうするの！」

「なあまお、おれのみずでっぽうもってきてくれた？」

「ちゃんと持ってきたよ。ついでに体に落書きできるクレヨンも持ってきた」

「さっすがまお！」

碧斗と史がきゃいきゃいと飛び上がって喜んでいるのを見ていると、心のざわつきが少し治まる。思ったままを全身で表現する二人は、愛されている自信に満ち溢《あふ》れているように見えて舞桜には眩《まぶ》しい。

「舞桜、今日の夕飯はすき焼きにしようと思ってるんだけど」

「いいですねえ、俺、野菜を切りますよ」

「ありがとう。今日は歓迎会《かんげいかい》のつもりでお肉たくさん買ってきたから、じゃんじゃん食べてくれよな！」

「ありがとうございます。遠慮《えんりょ》なくいただきますね」

子供向けテレビ番組を見ながら踊《おど》る子供達の姿を横目に、佐知と並んでキッチンに立つ。

「やっぱり舞桜は、野菜の切り方も綺麗《きれい》だなあ。こういうとこに育ちの良さが出るんだよな、きっと」

「そう、ですか……？」

料理を教えてくれたのも、もちろん晴海だ。これが当たり前だと思っていたので気にしたことはなかったが、育ちの良さが出る、と言われて心から嬉《うれ》しかった。だって、今の舞桜に育てたのは晴海だから。

じゅうじゅうと肉を焼き、その後で野菜を加える。肉のいい匂《にお》いがして、碧斗と史がそわそわとこちらを見ているのに気づき、佐知はぷっと噴《ふ》き出してから続けた。

「俺は中学から父さんと二人暮らしだっただろ？　食べられりゃいいって思っちゃってるところがあって、あんまり見た目を気にしないんだよな。ちょっと手をかければいいって分かってるんだけど、面倒《めんど》臭《くさ》がっちゃって駄目《だめ》だよなあ」

佐知はそう言いながら、手のひらの上でざくっと切った豆腐《とうふ》をすき焼き鍋《なべ》に入れる。材料を全て鍋に入れたところで、賢吾が戻ってきた。

「おう、飯はまだか？」

「あれ？　伊勢崎は？」

「あいつはちょっとおつかいだ。すげえ怒《おこ》ってたんだが、向こうの組のご指名だからな」

晴海が戻ってこない。少しほっとしてしまった自分に気づいて、舞桜はそんな自分に愕然《がくぜん》とする。晴海に会いたくないなんて、そんなことを思う時が来るとは思わなかった。

「あいつには適当に食ってこいって言ってあるから、とりあえず食おうぜ」

賢吾が席につくと、史と碧斗も座《ざ》卓《たく》に集まってくる。佐知が鍋をセッティングし、舞桜がお皿やお箸《はし》を並べた。連係プレーで手早く準備を終えると、佐知と舞桜が席に着くのを待って、賢吾が手を合わせる。

「いただきます」

「いただきまーす！」

賢吾の言葉に全員で続くと、何だか家族になったみたいでくすぐったい。舞桜と碧斗はちょっと笑ってしまいそうになったが、東雲家にとっては日常だから、三人は当然の顔ですき焼きを食べ始めた。

「おい碧斗、じゃんじゃん肉を食え。伊勢崎の分まで食っちまおうぜ」

賢吾が碧斗の皿に肉をどんどん載《の》せる。碧斗は「やったあ！」と喜んだが、佐知と史がそれに待ったをかけた。

「だめだよぱぱ、やさいもちゃんとたべなさいっていつもいわれてるでしょ？」

「そうだぞ賢吾、碧斗はお前と違《ちが》って成長期なんだから、バランスよく食べないと駄目なんだよ」

二人に怒られ、賢吾は渋々《しぶしぶ》碧斗の皿に野菜を載せる。

「野菜も食えってよ」

「えー……」

賢吾につられて、碧斗まで不満そうな顔をする。それが面白《おもしろ》くて、舞桜はついくすくすと笑ってしまった。賢吾といると、碧斗の表情がいきいきとしている気がする。

そういえば、晴海といる時の碧斗もそうだ。舞桜といる時だって笑ってはくれるが、晴海や賢吾といる時のほうが楽しそうに見える。そのことに気づいて、舞桜の表情が曇《くも》った。

やっぱり、舞桜が家族というものを理解できていないからだろうか。精一杯《せいいっぱい》しているつもりでも、舞桜のやっていることはただの家族ごっこでしかないのかもしれない。

けれど舞桜には、どう接することが家族として自然なのか分からないのだ。それが悔《くや》しい。

その疑問に一つの回答が示されたのは、夕食を終えた後だった。

「え？　賢吾といると碧斗がいきいきしてるように見えるって？」

組長に呼ばれて嫌そうな顔で賢吾が居間を出ていった後、あやとりをする碧斗と史を見ながら佐知と食後のお茶を楽しんでいた舞桜は、先ほどの疑問を佐知に聞いてみたのだった。

「うーん、単にあいつが子供と同じなだけなんだと思うけど」

賢吾のことを子供扱《あつか》いできるのは、きっと佐知だけだろう。賢吾ほど子供とイコールにならない人間はいない。

「レベルが一緒だから、子供の気持ちが分かるってことなんじゃないのか？」

「賢吾さんに対してそこまで辛辣《しんらつ》な感想を持つのは、おそらく佐知さんだけですよ？」

「べ、別にけなしたつもりはないぞ!?」

きょろきょろと辺りを見回したのは、賢吾がいないか確認するためだろう。佐知はいちいちやることが可愛《かわい》い。小動物みたいに見えることがある。

「うーん、でもそういえばあいつ、史の扱いがすごく上手《うま》いんだよなあ。自然体っていうか、いい意味で気を遣《つか》ってないっていうか」

「気を遣ってない……？」

「一度賢吾に言ったことがあるんだよ、お前ちょっとぐらい史に気を遣えよって。そしたらあいつ、『お前は家族に気を遣われて嬉しいのか？』って言ってて。そん時は適当なこと言いやがってって思ったけど、今は何となくあいつの言ってること分かるなって」

ずずっと茶を啜《すす》った佐知が、舞桜をじっと見つめてくる。

「気を遣われると、こっちも気を遣わないといけない気になっちゃうんだよな。ほんとは踏《ふ》み込みたいのに、踏み込んでくるなって言われてるみたいでさ」

「…………」

「俺、舞桜が俺に言いたくない事は別に聞かなくていいと思ってるんだ。でも、言いたくない事は言いたくないってちゃんと言って欲しい。それだけでいいんだよ、舞桜。言えないからって気を遣わないで欲しい」

「佐知さん……」

佐知は、ずっと気づいていたのだ。気づいた上で、気づいていないふりをしていてくれた。

「でもこれだけは知ってて欲しいんだ。俺が舞桜を大好きで、たとえ舞桜がどんな秘密を持ってたとしても、いつだって舞桜の味方だってこと」

「……っ、ありがとう、ございます」

佐知の気持ちが嬉しくて、舞桜はきゅっと唇《くちびる》を噛《か》みしめた。そうでもしないと、泣いてしまいそうだった。

「あれ⁉　まおちゃんないてるの⁉　さち！　まおちゃんなかしたらだめでしょ⁉」

目敏《めざと》い史が、あやとりを手に舞桜のそばに寄ってくる。よしよしと舞桜の肩《かた》を撫《な》でて佐知に怒り出すから、舞桜はぷっと噴き出してしまった。

「ちょっと笑いすぎて泣いてただけなんだよ、誤解させてごめんね」

「ほんと？　ほんとにさちになかされてない？　さちがこわくてもだいじょうぶだよ？　ぼくがめってしてあげるからね？」

「お、おれもいっしょにおこってやるぞ！　さち、けっこうこわいけど……」

「待って。俺別にそんなに怖《こわ》くないよな？　何で俺が怖い人前提で話が進んでるんだ？」

「さちはおこるとすごーくこわいでしょ」

「こわいよなあ」

史と碧斗が来てくれて助かった。そうでなければ、今この場で洗いざらい全《すべ》てを話してしまっていたかもしれない。一瞬《いっしゅん》、碧斗がこの場にいることを忘れてしまった。本当に自分は周りが見えていない。

「まおちゃん、さちにおこられないようにぼくたちとあっちであやとりしよ？」

「おい史、俺を仲間外れにしようとするなよ」

「しょうがないなあ。さちもいっしょにやろ？　あのね、ぼくたちほいくえんでいちばんあやとりがじょうずなんだよ？　せんせいがほめてくれたの」

史が手慣れた仕草であやとりを始める。話が変わってよかった。舞桜はほっと息を吐《は》いた。

「はい、さいしょはあおとね」

「おう。これぐらいかんたん！」

器用に指を引っ掛《か》けて、碧斗が史の手から紐《ひも》を受け取る。

「じゃあつぎはさちな」

「よし、任せろ。俺だってあやとりは得意だったんだからな」

よいしょ、と紐を指に引っ掛けながら受け取った佐知が、「ほい、次は舞桜」と指に引っ掛けた紐を突《つ》き出してきた。けれど、舞桜はそれを受け取ることができない。

「実は俺、あやとりをやったことがなくて」

「え？　まおちゃんあやとりしたことないの!?」

史が驚《おどろ》きの声を上げる。それに素直《すなお》にうんと頷《うなず》くと、今度は碧斗が「ええ!?」と言った。

「まおはこどものころにばあちゃんとあやとりやんなかったのか？　ばあちゃん、あやとりだいすきなのに」

「……子供の、頃《ころ》……？」

何とかあやとりに参加しようとした指が止まる。本当に自分はあやとりをしたことがないのだろうか。子供の頃？　記憶《きおく》を遡《さかのぼ》ろうとしたが、何も思い出せない。

あんなことが起こる前は、舞桜だって幼稚園《ようちえん》に行っていた。一年だけではあったが、他《ほか》の子供に交じって歌を歌ったりした……はずなのに。

きっと楽しいことはたくさんあったのに、そのどれもが思い出せない。思い出せるのは、ほんの断片《だんぺん》。優斗と歩いた公園や、母の腕《うで》の中。それと、母の実家に戻《もど》ってからの、それまでとはまるで変わってしまった母の態度。

『何を油を売っているの！　さっさとやらないと、ご飯抜《ぬ》きだからね！』

きいん、という耳鳴りと共に、耳障《みみざわ》りな女性の声が頭の中に木霊《こだま》した。

ごめんなさい、今すぐやるから。だから、ご飯抜きにしないで。何でもするから、見捨てないで。おかあさ——

「……まお、まお？　なあ、まおってば！」

「……っ!!」

気がつけば、碧斗が必死な顔で舞桜の両肩を揺《ゆ》さぶっていた。はっと正気を取り戻し、舞桜はにこっと笑《え》みを浮《う》かべる。

「ごめん、何だか急に眠《ねむ》くなっちゃって」

「うそつけ、まお、またおれになんかかくしてるだろ。ばあちゃんになんかあったのか？　ばあちゃん、ぎっくりごしじゃないのか？」

「違《ちが》うよ、全然そんなんじゃないって」

碧斗に勘違《かんちが》いさせてしまった。どんなに平気な顔をしていたって、碧斗はまだ子供なのだ。キヌが入院して、不安にならないはずがないのに。

その時、佐知が急に大きな声を出した。

「いやあ、ほんとごめんな舞桜。俺が無茶《むちゃ》させたせいで、寝不足《ねぶそく》なんだろ？」

驚いて佐知を振《ふ》り返る。佐知に無茶などさせられていない。それどころか、キヌのところへ行くために長めに昼休憩《きゅうけい》をくれたりして、かなり心を砕《くだ》いてくれていた。

舞桜は当然否定しようとしたが、佐知が視線でそれを止める。

「さち、まおちゃんにむちゃさせたの？」

「そうなんだよ、ちょっと忙《いそが》しくてさ。舞桜、ほんとごめん。お詫《わ》びに、史と碧斗は俺がお風《ふ》呂《ろ》に入れておくから、先に横になってこいよ」

「いえ、あの……」

大丈夫《だいじょうぶ》だと言おうとしたが、史と碧斗の視線が自分に突き刺《さ》さってくるのを感じた。せっかく佐知が庇《かば》ってくれたのに、疑われてしまっている。ここで嘘《うそ》だとバレたら、佐知まで嘘つき呼ばわりされてしまう。

「えっと……じゃあ、少しだけ、横になってきてもいいですか？」

「もちろん」

「なんだよ、まお。そんなにねむかったならがまんすんなよ」

「まおちゃん、ゆっくりねててね。あおとのことは、ぼくがめんどうみとくからね」

「ふみのめんどうをおれがみてるんだってば」

「ちがうもん！」

史と碧斗は言い合いをしつつ、舞桜の背中を押して居間から追い出した。ちゃんと寝るんだよと手を振りながら見送られ、舞桜はとりあえず部屋に向かうことにする。他に行くところがない。

「はあ……」

部屋に入って布団《ふとん》を敷《し》いて横になってみると、自分で思っていたよりも疲《つか》れていたことを実感する。体が重い。身体的に何か疲れるようなことをした覚えはないから、どうやら精神的な疲れらしい。

「みゃあちゃん、寂《さみ》しがってないかな」

本当はみゃあちゃんも連れてきたかったが、猫《ねこ》は家に懐《なつ》くと言われるぐらい、環境《かんきょう》が変わるのを嫌《いや》がる。晴海にも家で留守番させてやったほうがいいと言われ、泣く泣く留守番させることになった。

自動の餌《えさ》やり機があるのでご飯の心配はないが、みゃあちゃんはカリカリがあまり好きではないから、食欲を失《な》くしていないかと心配だ。

「ほんと、何をしているんだろうなあ、俺」

　こんなはずじゃなかった。皆《みんな》の役に立てる自分になるはずだったのに、役に立つどころか迷《めい》惑《わく》ばかりかけている。情けないなあと、両手で顔を覆《おお》う。

「このままじゃ、晴海さんに呆《あき》れられちゃうかも」

言葉にしたら、途端《とたん》に怖くなる。役に立つうちはそばにいられる。そう思っていたのに、ちっとも役に立たない自分の不甲斐《ふがい》なさに腹が立つ。

　そもそも、役に立ったからといっていつまでそばにいられるかも分からない。今回こそ、晴海はお見合いに対して乗り気でないように見えるが、ずっとそうだとは限らないのだ。

　もしかしたら今だって、舞桜が知らないだけで恋人《こいびと》がいたりするのかも。佐知のことを好きだからといって、晴海がずっと一人でいる保証などない。そう考えたら恐《おそ》ろしさは倍になった。

　舞桜を抱《だ》きしめてくれる晴海の腕は、本当はもうとっくに他の誰《だれ》かのものなのかも。知りもしないその誰かの影《かげ》が、舞桜を追い詰《つ》める。

　あの腕は、舞桜のものじゃない。あの笑顔も、褒《ほ》めてくれる時の優《やさ》しい声も、何もかも。

　そもそも、晴海は本当にいるんだろうか？　舞桜の願望が見せた幻《まぼろし》なのでは？

　ぎゅっと目を瞑《つぶ》って自分を抱きしめる。舞桜のためにあれほど心を砕いてくれる人が、いるはずがないのだ。目を開けたら舞桜はまだあの物置にいて、誰と言葉を交《か》わすこともなく、ひとりぼっち。……底冷えのする、真っ暗なあの場所で。

「ひゅ……っ」

喉《のど》が不自然に鳴る。怖《こわ》い。晴海がこの世に存在しなかったら。そう考えたら、恐ろしすぎて目を開けたくなかった。知りたくない。このまま、夢を見ていたい。

「舞桜？」

誰かが部屋に入ってくる。それを認識《にんしき》はできるのに、はい、と言葉にすることはできなかった。聞こえている音は現実か、それとも夢か。夢と現実の境界線が分からない。苦しい。

「俺の呼吸に合わせろ」

賢吾だ。声でそう分かった。賢吾に従わなくてはならない。そう思うが、どうしても呼吸が乱れ、賢吾の言う通りにはできなかった。

苦しい。息を吸わなくては。早く酸素を。苦しい、苦しい、苦しい！

息を吸うことしか考えられなくなる。焦《あせ》れば焦るほど上手《うま》くいかなくて、苦しさに涙《なみだ》が浮かび、視界が滲《にじ》んでいく。この苦しさは現実だ。そう認識はしたが、どうにもならない。

その時だ。

「……やっぱりか」

その声が鼓膜《こまく》を震《ふる》わせた途端、待ち望んでいたものが与《あた》えられたような安堵《あんど》を感じた。

賢吾の腕の中から別の温《ぬく》もりに体が移動する。温もりに触《ふ》れた途端、体中からぐわっと感情が溢《あふ》れ出したような錯覚《さっかく》を起こす。じわりと涙が浮かんだ。ああ、この温もりが欲しかった。

「ゆっくり息を吐《は》きなさい。俺の言う通りにできるだろう？」

声に促《うなが》されるまま息を吐く。最初は小刻みにしかできなかったが、温かい指が頬《ほお》を撫《な》で、落ち着けと舞桜を宥《なだ》めるのに合わせて、少しずつ落ち着きを取り戻していく。

「いい子だ」

……晴海さんだ。晴海さんが、来てくれた。

「はる、み……さん……」

温もりが、そばにある。ちゃんとそこに存在していることを教えてくれた。

「そうだ。君が呼べば、いつだってすぐに飛んでくる。言っただろう？　こうなる前に、ちゃんと呼びなさい」

「ごめん、なさい……」

疑って、ごめんなさい。あなたが俺の夢かもなんて、思ってしまってごめんなさい。

だってあなたが優しすぎるから。その優しさが俺を壊《こわ》していくのだ。

「さあ、今は眠りなさい。目が覚めるまで、ちゃんとそばにいる」

晴海の落ち着いた声は、いつも舞桜に安心をくれる。晴海がそばにいてくれれば、大丈夫。たとえ何があっても、晴海が全部上手く収めてくれる。

苦しくてたまらなかったはずなのに、ゆっくりと意識を混濁《こんだく》させていく舞桜の口元には笑みが浮《う》かんでいた。

いい子だって、晴海が褒めてくれたから。目が覚めるまで、そばにいるって言ってくれたから。

「……佐知さんに言いつけますから」

「不可抗力《ふかこうりょく》だろうが」

「たとえ不可抗力でも、俺が佐知さんに触れたらどう思いますか？」

「殺す」

「その言葉をそっくりそのままお返しします」

そんな言葉が交わされていたことなど、つゆほども知らずに。

目を覚ましたら、視界いっぱいに晴海の寝顔が映っていた。

「…………？」

いつの間に眠《ねむ》ってしまったんだろう。思い出そうとしていると、晴海の腕《うで》が舞桜をぎゅっと抱きしめ直す。その途端に思い出した、昨夜《ゆうべ》のことを。

晴海との生活が終わることが怖かった。怖すぎて、もしかしたら晴海の存在自体が夢なのかもと思ってしまった。そんな舞桜のパニックを鎮《しず》めてくれたのは、この温もりだった。

「ずるいですよ……」

いつだって、晴海は舞桜のピンチに助けに来てくれる。あの頃誰《ころだれ》かに助けを求めることもできず、絶望を日常だと受け入れていた舞桜なのに、今は心のどこかで晴海が助けに来てくれるのを待っていた。

晴海の寝顔を眺《なが》める。舞桜の先生。いつだって正しくて、優しくて。舞桜にとっては正義のヒーローみたいな人だ。

……けれど、今はそれだけじゃない。晴海を見ていると、胸が苦しくなった。きゅうっとしか言い表せられないぐらい、胸がきゅうっとする。

痛いぐらいなのに、嫌じゃない。見ているだけで苦しいのに、伏《ふ》せた晴海の睫毛《まつげ》が作る影すら見逃《みのが》すのがもったいなくて、目が離《はな》せなくなる。

晴海にこうして抱きしめられて眠ったことは何度もあった。怖い夢を見た時、雷《かみなり》が鳴った時、一人ではないことを実感したい時。

でも、そのどの時にもこんな風に胸がきゅうっとすることはなかった。嬉《うれ》しくて、幸せで、ふんわりと優しい気持ちにはなったけれど、今みたいに叫《さけ》びだしたくなるような気持ちは経験がない。

もしかして、これがそうなんだろうか？

『誰かのことを考えて、胸がぎゅうって苦しくなったことってないのか？』

今初めて、佐知の言っていることが理解できた。胸がぎゅうって苦しくなる？　それがどういう感覚なのか全然分からなかったのに、ああ、これがそうかと、舞桜は愛《いと》おしく胸の痛みを受け入れた。

「……これが、そうなんだ」

そうっと大事に呟《つぶや》いた声は、自分だけのもののはずだった。けれど目の前にある睫毛が震え、ぱちりと綺麗《きれい》な瞳《ひとみ》が露《あら》わになる。

「そう、とは何のことだ？」

いつから起きていたのか。声はまだ眠気を纏《まと》っているから、起きてからそう時間は経《た》っていないはず。

「何のことですか？」

今なら夢だったことにできるかもしれない。舞桜はふふっと笑って誤魔化《ごまか》そうとしたが、相手は晴海だ。やはりそう簡単には騙《だま》されてくれなかった。

「隠《かく》し事をするつもりか？」

「寝《ね》たふりをしてたなんて、趣味《しゅみ》が悪いですね」

「そんなことはしていない。君の声で起きたんだ」

「うるさくしてすみません。まだ早いので、もう少し寝てください。静かにしてますから」

「隠し事をされたままでは、気になって眠れない」

どんなにしつこく聞かれても、答えるつもりはなかった。

晴海に対するこの甘い胸の痛みが、舞桜にとって初めての恋《こい》であることは理解したが、舞桜はそれを誰《だれ》にも話すつもりはない。

　これまで舞桜が知っていた恋はドラマや小説の中のもので、自分が誰かに恋をするなんて考えたことがなかった。恋多き女性だった母が家庭を壊したのを目《ま》の当たりにしていたから、もしかしたらずっと自分は恋をしないのかもしれないとも思っていた。

　だから、自分が誰かに恋をすることができたのが嬉しい。……でも、それだけだ。

　恋は、一人でもできる。晴海のことを好きなのは、舞桜だけが知っていればいい。

「舞桜？」

　無視するつもりかと咎《とが》める晴海の声音《こわね》すら、今は舞桜の胸を甘く焦《こ》がす。

　これが恋。何て自分勝手で、幸せな気持ち。

　賢吾と晴海の役に立つうちは、晴海のことを見ていられる。そのことだけ分かっていれば、それでよかった。一人よがりの恋でいい。舞桜が好きでいるだけなら、晴海に迷惑《めいわく》をかけることもない。晴海に愛されたいなどというのは、舞桜には分不相応が過ぎる。

　晴海の隣《となり》に誰かが寄り添《そ》う時、きっとこの胸を掻《か》き毟《むし》りたくなるほど苦しくなるのだろう。けれどそれが分かっていても、この人のそばにいたい。いや、そばにいられるだけでよかった。

　愛は怖い。母と優斗のように、いつか壊れるかもしれないものを欲《ほっ》するより、ただずっとそばにい続けたい。舞桜にとっては、晴海との縁《えん》が切れることのほうが怖かった。

　これからも頑張《がんば》ろう。そうしたら、もしもこれから先、晴海が結婚《けっこん》をして二人の日常が変わっても、晴海をそばで見ることぐらいは許されるだろう。

それは舞桜が想像する中で、一番の幸せだった。ずっとそういられるように、頑張ろう。

「俺、頑張ります」

「話が見えない。だが、君は頑張る必要などないということぐらいは、分からないなりに分かる」

「ふふ、何ですかそれ、禅問答《ぜんもんどう》みたいですね」

「突然《とつぜん》意味の分からないことを言い出したのは君のほうだろう？」

「すみません。色々考えてるうちに、俺ってすごく幸せなんだなって気づいてしまって」

「……。それがどうして頑張るという思考に辿《たど》り着くのか、さっぱり分からないな」

「幸せだって気づいたら、その幸せを守りたくなりませんか？」

だってこうして好きな人のそばにいられる。それってすごいことだ。

舞桜が表情を綻《ほころ》ばせると、晴海の手が緩《ゆる》んだ頬に触れた。

「確かに……守りたくなるな」

「でしょう？」

それぐらいは許されると知っていて、舞桜は晴海の胸に顔を埋《うず》める。

「助けてくれて、ありがとうございました」

「いや……原因は佐知さんから聞いた。あやとりをしていたらしいな」

「あやとりを、していた時があったはずなんです……俺にも。なのに、何も思い出せなくて。思い出そうとしたら、余計なことばかり思い出してしまって」

「そうか。君の居場所がここだってことは、ちゃんと思い出せたか？」

晴海の手が、舞桜の頭を撫《な》でる。

「はい。そのお陰《かげ》で、戻《もど》ってこられました」

「ならいい」

「……そういえば、何か話があったのでは？」

自分から切り出すのは勇気が要《い》ったが、どんな話にせよ、聞くならこの腕の中にいる時に聞きたいと思った。だが晴海は小さく息を吐《つ》き、「いや、いい」と言った。

「君がそれだけ分かっていれば、それでいいんだ」

晴海はそう言って、舞桜の頭を撫で続けた。舞桜も黙《だま》って、その優《やさ》しさを享受《きょうじゅ》した。

「なあまお、なんでそんなきもちわるいかおしてんの？」

保育園の帰り道、呆《あき》れ顔の碧斗にそう言われた舞桜は、にこにこと笑いながら頬《ほお》に手を当てた。

「え？　まだ気持ち悪い顔してる？」

「してるー」

碧斗に気持ち悪いと言われるのは、何と本日五回目だ。朝食の時に言われて、保育園まで送っていく間にも二度言われ、お迎《むか》えで顔を合わせるなりまた言われ、それで今また言われた。

だが、舞桜に気持ち悪いと言ったのは碧斗だけではない。実は佐知にも言われた。

『なあ舞桜……言おうかどうしようか迷ったんだけど、何でそんな気持ち悪い顔してるんだ？宝くじでも当たったぐらいの浮《う》かれようだけど』

当たらずとも遠からず。舞桜からしてみれば、宝くじで一等が当たったぐらいの確率なのだ。

……自分が恋をするなんて。

誰かを特別に好きだと思う気持ちが理解できた。それは舞桜にとって何より嬉しいことだった。

ずっと、恋愛《れんあい》は怖《こわ》いものだと思っていた。母のように全《すべ》てを捨てて溺《おぼ》れるのが恋愛なら、自分はそんなもの知りたくないと。

だが、一人で誰かに恋をするのは舞桜の勝手だ。晴海を好きでいるだけなら、誰にも迷惑をかけない。それどころか、自分もちゃんと人を好きになれた、と誇《ほこ》らしい気持ちだった。

「すっごくいいことがあったんだ」

「へえ、はるみとつきあうことになったとか？」

「え!?」

あまりのことにびっくりして大声を上げると、前を歩いていた碧斗が足を止めて振《ふ》り返る。

「まおさ、おれがこどもだとおもってばかにしてるだろ。まおがはるみのことすきだってことぐらい、おれちゃんとしってるんだからな」

「え、いつから？」

「ずっとまえから」

「そんなはずないよ！　俺だって昨夜《ゆうべ》気づいたばっかなのに！　……あ」

しまった、と慌《あわ》てて口を塞《ふさ》ぐと、碧斗が見たことがないぐらいにぽかんとした顔をしていた。

「え、まおきづいてなかったの⁉　あれで⁉」

「あれでって……？」

「だってまお、ずっとはるみばっかみてるじゃん」

「ええ？」

まったく自覚がなかった。どうしよう、碧斗にバレているということは、晴海にだってバレバレだったのでは？

「は、晴海さん、変に思ってるかな？」

「はるみはばかだからきづいてないって」

「ほ、ほんと？」

晴海が馬鹿《ばか》だなんて思わないが、今は気づいていないという碧斗の言葉に縋《すが》りたい。

「だってふみのぱぱがいってたもん。あいつはいつになったらまおのきもちにきづくんだろうなあって」

ぎゃあと叫《さけ》び出したい気持ちになったのは、賢吾にまでバレていると分かったからだ。でもとりあえず、晴海にバレていないのならそれでいい。賢吾には、今度会った時に黙っていてくれるように懇願《こんがん》しよう。

「えっと……碧斗、ごめんね？」

「なにが？」

「俺が晴海さんを好きだなんて、気持ち悪いでしょ？」

「ぜんぜん？　まおがはるみのことをすきなのはむかつくけど、きもちわるくはない。だっておれもふみのことがすきだし、ふみのぱぱとさちだってあいしあってるじゃん。だから、いちいちあやまんなよ、まお」

「ふふ、ありがとね、碧斗」

碧斗は本当にいい男に育った。何でもない風を装《よそお》ってくれているけれど、きっと碧斗だって最初に気づいた時は混乱しただろうに。舞桜がお礼を言うと、碧斗は照れた顔を背《そむ》けて大きな声を出す。

「そうだ、まお！　ふみんちにいくまえにいえによってよ。おれ、ふみにえほんみせてやるやくそくしたんだ！」

「絵本だったら、俺が明日《あした》取りに行くよ。どんな絵本？」

「やだっ、ぜったいきょうとりにいく！」

頑《かたく》なにそう言って歩き出した碧斗の耳がまだ赤い。きっと顔を見られたくないのだろうと、舞桜はのんびりその後ろをついて歩き出した。

「なあ、ばあちゃんまだかえってこないの？」

「うーん、検査の結果はそんなに悪くはなかったんだけど、キヌさん、退院したら絶対にもう病院行かないでしょう？　だから、ちょっと悪さしそうなところをこの際取っとこうってことになったんだよ」

「ふーん……それっていたい？」

「麻酔《ますい》をするから痛くないよ」

興味なさそうなふりをしているが、キヌのことをものすごく心配しているのが伝わってくる。

キヌの検査結果は想像したよりは悪いものではなかった。だが大腸にポリープができていて、それを早期に取っておくことになったのだ。キヌの年齢《ねんれい》を考えると、取るなら今がギリギリの年齢だという担当医の判断だった。

「たぶん、あと一週間ぐらいで帰ってくると思う。あれあれあれー？　もしかして碧斗、キヌさんがいなくて寂《さび》しいのかなあ？」

これ以上心配させないために、わざと碧斗をからかう。碧斗はまんまと怒《おこ》り出し、「はあ!?

ぜんっぜんちがうし！」とずんずん先を歩き始めた。……のだが。

「なあまお、うちのまえにだれかいる」

「え？」

碧斗が指を差した先に視線を向ける。そこには野球のボールほどの大きさの石を摑《つか》んで、今にもキヌと碧斗の家の玄関《げんかん》の引き戸にぶつけようとしている優斗の姿があった。

「やめろ！」

声の限りに叫ぶ。びくりと体を震《ふる》わせた優斗がこちらを見た。優斗の動きが止まったのを幸いに、舞桜は優斗に飛び掛《か》かって石を取り上げ、離《はな》れたところに投げ捨てる。

「何をしてるんですか！」

「うるさいっ、放せ！　あのくそばばあ、お前にやる金は一文もないと言いやがった！　俺は息子《むすこ》だぞ!?　こうなったら、この家にある金目のものを全部売り払《はら》ってやるんだっ！」

「この家に金目のものなんかある訳がないでしょう!?　あなただって見たはずだ！」

「どっかに隠《かく》しているかもしれないだろうがっ！　俺には金が必要なんだ!!」

火事場の馬鹿力とはよく言ったもので、優斗はものすごい力で舞桜の体を引き剝《は》がした。玄関の引き戸に体がぶつかり、がしゃんと大きな音を立てる。痛いと思う暇《ひま》などなく、優斗の手が舞桜の頭をそのまま引き戸に押しつけてきて、ずるずると舞桜の体が頽《くずお》れた。

「邪魔《じゃま》をするな！　そもそもお前らのせいでっ、俺の人生が滅茶苦茶《めちゃくちゃ》になったんだろうがっ!!」

髪《かみ》をぐしゃりと摑《つか》まれ、揺《ゆ》さぶられる。そのたびがしゃがしゃと引き戸が嫌《いや》な音を立てて、このままではガラスが割れてしまうと舞桜が優斗の手を摑んだら、「ぐっ!」と優斗が呻《うめ》いた。

「まおにひどいことすんなよおっさん!」

「碧斗!」

碧斗が、横から優斗の足を蹴《け》っ飛ばしたのだ。

「このくそガキ!!　父親に向かって何だその態度は!」

「うっせー!　まおをいじめるやつはおれのてきだ!」

優斗が使った『父親』という言葉にも、碧斗はまったく怯《ひる》まない。そんなことは最初から分かっていたような顔で、どんっと体ごと優斗に当たってよろけさせ、舞桜と優斗の間に立ち塞がった。

「碧斗!　駄目《だめ》だよ、下がって!」

碧斗を守らなければと立ち上がろうとしたが、頭を何度も揺さぶられて脳震盪《のうしんとう》を起こしたらしい。体に力が入らず起き上がれない。

「やだね!　まおはおれがまもる!」

ぐらりと揺れた視界に、碧斗の小さな背中が映る。その背中越《ご》しに、不気味に口を歪《ゆが》めた優斗の顔が見えた。

「何でそんなやつを庇《かば》う。どうせ、家族だ何だと嘘《うそ》を吐《つ》かれているんだろうが、そいつとお前は血が繋《つな》がってない。赤の他人なんだ」

「……っ！」

優斗の言葉に、舞桜は項垂《うなだ》れるしかできない。だって本当のことだから。

碧斗が背中を向けていてよかった。今、碧斗の表情を確認《かくにん》する勇気などない。ああ、とうとう碧斗にバレてしまった。いつかは話さなくてはならないことだが、まさかこんな形でバレるなんて。

だが碧斗の反応は、舞桜がこれまで想像したどれとも違《ちが》っていた。

「そんなのしってるよ、ばーか！」

「え……？」

「ちがつながってないからなんなんだよ！　ちがつながってたっておまえみたいなやつだいきらいだ！　あかのたにんだっていわれたって、まおのことはだいすきだ！　それのなにがわるい！　ばーかばーかばーか!!」

「碧斗……」

全身で舞桜を庇う、碧斗の肩《かた》が震えている。相手は大人の男だ。怖《こわ》いに決まっている。けれど碧斗は舞桜に背中だけを見せ、優斗の前に立ち塞《ふさ》がり続ける。

「ふみがいったんだ。かぞくはじぶんでえらべるって。だからおれのかぞくはばあちゃんとま

おとみゃあちゃん、それから……しょうがないからはるみもいれてやる！　おまえはいらない！」

ぶわりと、涙《なみだ》が頬《ほお》を伝う。自分はとっくに、碧斗の家族だった。

「まお、こんなやつにまけんな！　ぜったいはるみがたすけてくれる！　おれといっしょにがんばれ！」

「このくそガキィっ!!　我が子だからって俺が手加減するとでも思っているのか!?」

逆上した優斗が手を振《ふ》り上げるのが見えた。碧斗が殴《なぐ》られる。助けなければと思うのに体は思い通りにならず、舞桜は心の中で叫んだ。

(助けてっ、晴海さんっ!!)

その時だ。

「碧斗、よく言った」

優斗の腕《うで》を、背後から誰《だれ》かが掴んだ。……いや、誰かじゃない。舞桜には、その声だけで誰かちゃんと分かる。

助けに来てくれた。俺の……大好きな人。

「晴海さん!!」

舞桜がその名を呼んだのとほぼ同時に、優斗の叫《さけ》び声が木霊《こだま》する。

「ぎゃあああ!!」

「ちょっと指が折れたぐらいでぎゃあぎゃあ騒《さわ》ぐな。俺は、舞桜に近づけば殺す、と言ったはずだが？」

がくりと膝《ひざ》をつき、手を押さえて呻く優斗を、晴海が冷ややかに見下ろす。

「ひぃ！」

優斗が尻餅《しりもち》をついたまま後ずさると、その背後にいた男がくくくと笑った。

「やだやだ、舞桜が絡《から》むとおっかねえなあ、おい」

「賢吾さんっ、晴海さんを止めてくださいっ」

「そりゃあ無理だ。俺にはこいつの気持ちがよく分かるからな。殺されねえだけましだと思うぞ？」

賢吾はひらひらと手を振ってみせてから、舞桜を庇って立ったままの碧斗に近づいてぽんぽんと頭を撫《な》でた。

「恰好《かっこ》よかったぞ、碧斗」

「お、おれっ、まもった……っ、ちゃんと、だいじなもん、まもったっ、う、うう……っ」

「ああ。ちゃんと見てたぞ」

賢吾が碧斗を抱《だ》き上げると、碧斗は賢吾の胸に顔を埋《うず》めた。きっと泣いている。その姿を、舞桜に見せまいとしているのだ。

「次はどこを折られたいんだ」

はっと意識を晴海に戻《もど》す。晴海の手はすでに優斗の胸倉《むなぐら》を摑んでいて、優斗はすでに何発か殴られた後だった。

「晴海さんっ、もういいです！　もう、大丈夫《だいじょうぶ》ですから！」

おぼつかない足で何とか晴海に縋《すが》りつく。腕を掴んで止めるが、晴海は舞桜のことを見もせず、優斗を睨《にら》みつけたままで言った。

「駄目だ。舞桜に近づけば殺すと言ったのに、こいつは舞桜に近づいた。俺は、自分の言ったことの責任は取る男だ」

「ひ、ひぃぃぃぃっ！　た、助けてくれ！　何でもする！　何でもするからっ！　俺はただっ、借金取りに金目のものを探して来いと言われただけで……っ」

「お前が借金まみれだということは調査済みだ。この家のものを売った程度で返せる額じゃないってこともな」

「……っ、こ、こんなはずじゃなかったんだ……っ、あんな淫乱《いんらん》に騙《だま》されたりしなかったら、俺だって今頃《いまごろ》こんな人生を送っていなかったはずなんだ……っ！」

淫乱、という言葉と共に、優斗の視線がこちらに向いた。途端《とたん》に晴海の手が、優斗の頬を思いきり叩《たた》く。

「人のせいにするな。お前がこうなったのは、お前のせいだ」

「お、俺はっ、俺は……っ」

優斗がぼろぼろと涙を零《こぼ》す。舞桜は、優斗を責める気になれなかった。母と舞桜にさえかかわらなかったら、優斗は本当にこんな人生を歩んでいなかったのかもしれない。

「晴海さん、本当にもう——」

やめてください、と止めようとした。二度とキヌと碧斗に迷惑《めいわく》をかけないと約束してくれるなら、舞桜の全財産を渡《わた》してもいい。それで優斗が今度こそやり直せるのなら。そう思った。

けれど、その言葉を遮《さえぎ》る者がいた。

「てめえ！　金の都合をつけるって言うから待ってやったのに、東雲組に泣きついてるとはな！」

現れたのは、見るからにヤクザという風体《ふうてい》の六人組の男達だった。

「誰かと思えば、岸田《きしだ》組のチンピラさんじゃないですか。相変わらず品のない恰好《かっこう》に知性のない雁首《がんくび》が揃《そろ》って、みっともないったらありゃしないですねえ」

晴海の毒舌《どくぜつ》に、男達が色めき立つ。

「何だと!?　てめえ、商売については不可侵《ふかしん》って協定を破るつもりじゃねえだろうな！」

「この男を助けるつもりはさらさらないんですけど、たかが下《した》っ端《ぱ》風情《ふぜい》に偉《えら》そうな口を利《き》かれる覚えもないですねえ。俺、今すごく機嫌《きげん》が悪いので、言葉《ことば》遣《づか》いには気をつけてくださいね？」

そう言って晴海は笑《え》みを浮《う》かべたが、その笑みは決して友好的なものではなかった。晴海は笑み一つでさえも、相手を震《ふる》え上がらせることができる。

「た、助けるつもりがねえなら、この男は連れていかせてもらうからな！」

威勢《いせい》はいいものの、晴海から優斗を奪《うば》おうとする男達の腰《こし》は完全に引けていた。

このままでは優斗を連れていかれてしまう。舞桜は晴海の腕を掴《つか》んだ手に思わず力を込め、男達を引き留めようとした。

「あ、あの……っ」

「その人をどうするつもりですか？」

舞桜の声を、晴海の質問がかき消す。

「決まってるだろうが。金が払《はら》えねえやつには用はねえ。臓器売っ払って仕舞《しま》いにすんだよ！」

「そ、そんな……っ、ちゃ、ちゃんと金は用意するからっ！」

優斗が顔面蒼白《そうはく》になって男達に縋りつこうとするが、男達は優斗を蹴《け》っ飛ばし、「ふざけてんじゃねえ！」と怒鳴《どな》った。

「ヤクザ舐《な》めてんじゃねえぞ！　てめえのその台詞《せりふ》は聞き飽《あ》きてんだよっ‼」

「う、うわあああっ、い、いやだっ、俺は絶対に嫌《いや》だからなっ！」

「あ、てめえっ、何逃《に》げようとしてんだ！」

滅茶苦茶《めちゃくちゃ》に手を振り回し、優斗が暴れ出す。必死の形相で逃げ出そうとする優斗を見た男達の一人が、懐《ふところ》からきらりと光るものを取り出した。

「臓器さえ無事なら、ちょっとぐらい傷つけても構わねえ！　とりあえず静かにさせろっ」

元々あまり人通りのない通りとはいえ、まだ夕方だ。騒ぎに気づいている人はいるだろうに誰も表に出てこないのは、厄介事《やっかいごと》に巻き込まれたくないからだろうか。

「晴海さんっ、このままじゃ……っ」

「あんなやつらに借金をするほうが悪い。自業自得《じごうじとく》だ」

「そんな……っ」

賢吾のほうに視線を向けても、賢吾は黙《だま》って首を振るだけだった。

「おらっ、さっさと来い！」

「嫌だっ、いやだああ!!」

まるで子供が駄々《だだ》を捏《こ》ねるように、優斗が這《は》いつくばって抵抗《ていこう》する。その姿を自業自得だと思う気持ちは確かに舞桜にもあったが、同時に憐《あわ》れにも思った。

「世話焼かせんじゃねえ!!　いてっ、ふざけんなっ、この野郎《やろう》っ!!」

がむしゃらに振り回した優斗の拳《こぶし》が顎《あご》にヒットし、男がかっと怒《いか》りを爆発《ばくはつ》させた。

刺《さ》される。そう思った瞬間《しゅんかん》、舞桜の体が勝手に動いた。

「舞桜っ、やめろ!!」

晴海の叫ぶ声を、初めて聞いた気がする。男と優斗の間に立ち塞《ふさ》がるまでほんの数秒。そこから先は、まるでスローモーションのようだった。

「うわあああっ、まおっ、まおおおおっ!!」

碧斗の叫び声。男の手に握《にぎ》られたナイフが、自分の腹を突《つ》き刺していくのを目を見開いて見つめる。ぐっと男の手を掴んだ時には、ナイフの刃《は》は舞桜の体に呑み込まれた後で。

「……っ、ぐふ……っ」

膝をつく。こぽりと喉元《のどもと》を何かがせり上がってきて、液体が地面に散らばった。

「舞桜!!　きっさまああああっ!!」

晴海の声が耳に届く。次の瞬間、ごきっと鈍《にぶ》い音と共に「うぎゃああああ!!」と地を震わせるような叫び声が聞こえた。

「伊勢崎！　そんなことしてる場合かっ！」

両手をつく。視界が曇《くも》る。きいんという音が耳に響《ひび》き、周囲の音が遠くなる。

痛いのか、熱いのか、感覚がおかしくなって分からない。あれ？　俺、起きてるのかな？

それとも、横になってる？

「舞桜！　舞桜!!」

晴海の顔が視界いっぱいに映る。至近距離《きょり》で見る晴海は顔面蒼白で、舞桜は自分の状況《じょうきょう》も忘れて手を伸《の》ばし、晴海の頰《ほお》を撫でようとしたが、自分の手についた血が晴海の頰を汚《よご》してしまったことに気づいた。

「ごめ……なさ……っ」

「しゃべるな！　すぐに佐知さんが来る！　絶対に佐知さんが君を助けてくれるから！　……先輩《せんぱい》っ、佐知さんはまだですか!!」

「すぐに来るはずだ」

「はずじゃ駄目《だめ》なんですよ!!　絶対に舞桜を助けてくれないと!!　舞桜はっ、舞桜は絶対に……っ!!」

晴海の怒鳴り声に、舞桜は「だい、じょ……ぶ、ですよ?」と声を絞《しぼ》り出す。まだまだ晴海の役に立たなければならない。舞桜は、まだここで死ぬ訳にはいかない。

「しゃべるなと言っただろ!!　君はっ、いつも俺の言うことを聞かない!　あんな……っ、あんな男を助ける必要なんかなかっただろ!!　あの男が君にした仕打ちを忘れたのか!?　どうして君は……っ」

「だって……碧斗の、お父さ……だから」

死んでもいいなんて、思えない。舞桜には優斗を憎《にく》む権利などなかったし、母に裏切られ、今度こそと愛した相手にまた裏切られた優斗の気持ちを考えた時、可哀想《かわいそう》な人だ、と思った。

それはきっと、舞桜が今、幸せだったからだ。優斗を憐れむ気持ちを持てるほど、舞桜の今が幸せだったから。

「死なないでくれ……っ、君がいないと俺は……っ」

大丈夫《だいじょうぶ》ですよ、晴海さん。すぐに目を覚まして、あなたの好きなシフォンケーキを焼きます。ただ、少しだけ……少しだけ眠《ねむ》りたいんです。目を開けていられないほど、眠くて——

「舞桜っ、舞桜!　やめろ、目を瞑《つぶ》るなっ!」

晴海の声が遠のいていく。

起きたら、すぐにシフォンケーキを焼かなくちゃ。そうしたら見られるはず。あの舞桜の大好きな笑顔が。

次に目を覚ましたのは、雨宮医院の個室だった。

『よ、よかったあああああっ』

目を覚ました時、舞桜のすぐそばには佐知がいて、今にも泣き出しそうな顔が舞桜の視界いっぱいに映っていた。

それから舞桜は佐知にたくさんお説教をされて、絶対に動くなと厳命され、ベッドに縛《しば》りつけられる生活をしている。舞桜を助けてくれたのは佐知で、でも一時は本当に危なかったんだぞと佐知は少しだけ泣いた。

極道《ごくどう》同士の小《こ》競《ぜ》り合いで救急車を呼ぶことはできず、舞桜は雨宮医院で極秘入院していたが、極秘のはずなのに、舞桜の個室には次から次へと見《み》舞客《まいきゃく》がやってきた。

組員達はもちろん、常連の患者《かんじゃ》さん達まで。常連さん達には入院の経緯《けいい》は当然話していないが、受付に舞桜がいないことを心配され、黙っていられなかったと佐知は頭を掻《か》いていた。

キヌが来た時は、盛大に泣かれてしまった。

『舞桜さんが無事で、よかったわ……っ、あんな馬鹿《ばか》息子《むすこ》、助けなくてもよかったのにっ』

病院から一時帰宅をもぎ取ったキヌは、自分もまだ手術して間もないというのに、舞桜の体をぎゅっと抱《だ》きしめてわあわあ泣いた。

『手術の日に、行けなくてすみませんでした』

舞桜は丸三日、目を覚ますことがなかったらしく、キヌの手術はその間に終わってしまっていた。申し訳ないと頭を下げる舞桜に、キヌはまた泣いて、それから言った。

『舞桜さん、ずっとあなたに言えないでいたの。でも、死んでしまったら二度と言えなくなるって分かったから、言わせてちょうだい。血は繋《つな》がっていなくても私にとって舞桜さんは大事な孫よ。優斗があなたにした仕打ちを考えたら、そんなことを言えないと思っていたの。でも私、あなたともう一度離《はな》れるなんて耐《た》えられないわ』

キヌの言葉に、舞桜も泣いた。これから、少しずつ関係を変えていければいいなと思う。

その後には碧斗も来た。碧斗は舞桜を見るなり怒《おこ》ったような顔で、『ばーか！』と言った。

『しんぱいかけんな！』

『うん、ごめんね』

『ばつとして、こんどゆうえんちにつれてってもらうからな！』

声が震《ふる》えているのは、気づかないふりをしてあげた。きっといっぱい心配させたから、遊園地にでもどこにでも連れていってあげたいと思う。

たくさんの人がお見舞《みま》いに来てくれて、舞桜は幸せだった。

でもただ一人、舞桜が一番会いたかった人だけは、今日まで一度も会いに来ることはなかった。

「やっぱり、呆《あき》れられちゃったのかなあ」

「ん？　何だ？」

知らず口から出てしまっていた言葉を、部屋の空気の入れ替《か》えをしに来てくれていた佐知に聞かれてしまった。

「いえ、いつになったら治るのかなあって思って」

「言っとくけど、結構傷が深かったんだからな？　賢吾が懇意《こんい》にしてる総合病院の院長に掛《か》け合ってくれてなかったら、さすがに助けられなかったかもしれなかったんだぞ？」

反省しているのかと怒られ、舞桜は上掛《うわが》けを鼻の辺りまで引っ張って「すみません」と謝る。

無《む》茶《ちゃ》をしたことに関しては反省している。とっさのこととはいえ、たくさんの人に迷惑《めいわく》をかけてしまった。

「そういえば、碧斗のお父さん、マグロ漁船に乗ってるらしいぞ？」

「聞きました。乗り物苦手なのに、大丈夫なんですかね」

マグロ漁船に乗せたのは賢吾らしい。お見舞いに来てくれた時に『俺はあいつの命を助けてやったんだ。マグロ漁船で済んであいつも感謝してるだろう』と言っていた。借りたものは返さなくてはならない。たとえ相手がヤクザであっても。だが何故《なぜ》か、舞桜を刺《さ》した相手も違《ちが》うマグロ漁船に乗せられたと聞いている。賢吾は『岸田組とそれで手打ちにしたんだ。犯罪者にしたくない男がいるんでな』と言っていたが、そっちは舞桜にはどうでもいい。

「それだけ、反省してるんじゃないかな」

「だったらいいんですけど」

起きてしまったことは仕方がないけれど、せめてこれから先、優斗が少しでもまっとうに生きてくれたらいいと思う。だって優斗は碧斗の父親なのだ。立ち直ってくれたら、碧斗やキヌにとってこんなに嬉《うれ》しいことはないだろう。

「ところで佐知さん」

「ん？　もう何回も言ってるけど、まだまだ仕事に復帰はさせないからな」

「そうじゃなくて……療養《りょうよう》のために、しばらく休みをもらいたいんです」

目が覚めてから、ずっと考えていた。今の自分がここにいても、役に立つどころか世話を焼かせることしかできない。舞桜の世話のために、佐知はずっと医院で寝泊《ねと》まりしているのだ。

「そんなかしこまらなくても、怪我《けが》人に無理させる気なんかないぞ？　舞桜は一人暮らしだし、このまましばらくうちで入院して――」

「いえ、せっかくなんで、しばらくどこかでのんびりしてこようかなあと。駄目ですか？」

あ、しまった。こんな言い方では、ここではのんびりできないと言っているようなものだ。

決してそんなつもりはなかった。ただ、ここにいて役に立てない現状を突《つ》きつけられるのが嫌《いや》だっただけなのに。

佐知を不快にさせてしまったかと舞桜は心配したが、佐知の反応は予想とは違っていた。

「え？　でも……いや、ちょっと待てよ？　うーん……ほうほう、意外といいかも」

佐知は最初、驚《おどろ》いた顔をしたが、すぐに一人で何やら考え込み、それからぽんと手を叩《たた》く。

「よし、採用。舞桜に有給休暇《きゅうか》を取らせる」

「有休なんてやめてください。俺の家の都合で、こんなことになってる訳ですし」

「そんなの気にしなくていいよ。とにかく有休。その代わり、療養先は俺が決める。これ絶対」

佐知が目をきらんと光らせて舞桜に詰《つ》め寄る。

「え？　え、ええ、別に場所はどこでも構わないんですけど。ただ、できれば……」

「分かってる。誰《だれ》にも内緒《ないしょ》にしとくよ。俺と、舞桜だけの秘密」

しーっと唇《くちびる》に指を当て、佐知がふふっと笑う。茶目《ちゃめ》っ気《け》たっぷりのその仕草とは裏腹に、流し目はやけに色っぽい。佐知のこんな表情を見たと賢吾に知られたら、きっとただでは済まないな、と舞桜は苦笑《くしょう》を浮《う》かべながら思った。

時折ぶわっと吹《ふ》く風が、舞桜の前髪《まえがみ》を靡《なび》かせて去っていく。

こういうところへあまり来たことがないから意識したことがなかったけど、海の匂《にお》いというのは確かに存在してるんだな。すーっと、肺を大きく膨《ふく》らませて鼻から息を吸い込むと、独特の匂いが鼻を通っていく。

「……こんなにのんびりしたの、初めてかも」

目の前には、見渡《みわた》す限りの海。堤防《ていぼう》の先端《せんたん》に座って足をぶらぶらとさせながら、波の音の中にかすかに聞こえる船のエンジン音に耳を澄《す》ませる。

「富貴雄《ときお》さんが帰ってきたのかな」

ここへ来て、はや一週間。小さな町では、他所《よそ》から来た人はとても目立つ。ここに着いたその日には町の人達が順番に訪ねてきて、今では港の漁師達ともすっかり顔馴染《かおなじ》みだ。

この町には働く場所があまりなく、若者はほとんど町を出てしまう。舞桜のような年齢《ねんれい》の者は珍《めずら》しいらしく、町のお年寄り達はこぞって舞桜を可愛《かわい》がってくれている。

「何や舞桜、ここにおったがか。さっきまで、雄三《ゆうぞう》が捜《さが》しよったのに」

背後から声をかけられて振《ふ》り返ると、顔見知りのお年寄りが釣《つ》り竿《ざお》とバケツを持ってこちらに向かってくるところだった。

「よいせっと。今からサビキでアジを釣っちゃうき。釣れたらおまんにも分けちゃうから、雄三に捌《さば》いてもらいや」

舞桜の隣《となり》に腰《こし》を下ろし、慣れた仕草で釣り竿を振る。ぽちゃんとウキが水面に浮いて、何となく視線がウキに惹《ひ》きつけられた。

「雄三さん、魚を捌けるんですね」

雄三というのは、舞桜が今お世話になっている診療所《しんりょうじょ》の医師だ。佐知の父親の古くからの友人だそうで、佐知曰《いわ》く名医であるらしい。

「雄三は外科医《げかい》やきねえ。メスも包丁も似たようなもんやて言うちょったで？」

「ははは、雄三さんらしい」

雄三は、よくも悪くも大雑把《おおざっぱ》だ。腹に刺し傷を抱《かか》えた、どう見ても訳ありの舞桜をすんなり受け入れ、理由も聞かない。『朝昼晩の飯時だけは帰ってこい』という約束だけを舞桜にさせた後は、舞桜がどこに行こうが何をしようが知らん顔だ。

だが舞桜にとって、それは驚くほど居心地《いごこち》がよかった。考えたいことはたくさんあって、舞桜はとにかく一人になりたかったから。

父を庇《かば》ったのは、ほとんど反射的だった。だってあの人は碧斗の父親なのだ。碧斗がどんなに言葉で父親を詰《なじ》ったとしても、もし死んでしまったらきっと悲しい思いをするだろう。碧斗は優《やさ》しい子だ。……舞桜などとは違って。

晴海の役に立ち続けるのが舞桜の望みだ。それを忘れていた訳じゃないのに、体が勝手に動いてしまった。それでも、不思議と後悔《こうかい》はなかった。助けられてよかったとも思う。

ただ一つだけ、今のこの体では晴海の役に立てないことが申し訳なくて、とてもじゃないがあのままあそこにい続けられなかった。

晴海と賢吾が怒《おこ》らないことは分かっている。ただ、自分が嫌だったのだ。役に立てない事実を突きつけられながら、ただ置いてもらっているだけの自分に我慢《がまん》ができなかった。

「そろそろ、帰りたいなあ」

「何や、ここでの生活に飽《あ》きたがか？」

「いえいえ、ここでの生活も好きなんですけど、こうのんびりしてると、働けなくなっちゃいそうで」

「あはは、舞桜は貧乏性《びんぼうしょう》ながやな。ゆっくりできる時はゆっくりしといたらええがよ」

ここへ来てしばらくが経《た》ち、傷もすっかり治った。このままではぐうたらが板についてしまう。そうなる前に帰りたいところなのだが、佐知からストップがかかっているのだ。

『傷口が塞《ふさ》がっても、まだ体力は落ちたままだからな。それに俺、ちょっとムカついてることがあってお仕置き中だから、舞桜にはもう少しそっちにいて欲しいんだよ』

佐知の言っていることは理解できなかったが、頼《たの》まれれば嫌とは言えなかった。賢吾と何かあったのだろうか。気にはなるが、また電話すると言ってすぐに通話を切られてしまって、知ることはできないままだ。

「そうだ、ここにいる間に雄三さんに護身術をもっと教えてもらっておこうかな」

「ああ、そうしたらええがよ。舞桜は美人やき、ちゃんと身を守らんといかん」

「ふふ、ありがとうございます」

ここの人達は、舞桜のことを本当の孫のように可愛がってくれる。舞桜には過ぎた褒《ほ》め言葉でも、ありがたく受け取ることにする。

「舞桜は自分のことをよう分かっちゃあせんき、心配になるがよ」

「俺、こう見えても結構強いんですよ？」

晴海からは身を守る術《すべ》をちゃんと教えてもらっている。だが、これからも佐知を守り続けることを考えると、少しでも強くなっておくことは悪い事ではない。

雄三は長年海外の紛争《ふんそう》地で医療《いりょう》ボランティアをしていた経験があり、その時に必要に駆《か》られて体術を覚えたらしい。軍隊に教えてもらったというその技《わざ》は、晴海に教えてもらったものよりも実戦に向いているように思えた。

「いい人ですよねえ、雄三さん」

刺し傷の理由は聞かなかった雄三だが、また同じ目に遭《あ》わないようにとナイフを躱《かわ》して相手を拘束《こうそく》する方法を教えてくれたのだ。

「そう言うてくれるんは舞桜ぐらいやき。普通《ふつう》はあんな怖《こわ》い顔したおっさん見て、いい人やなんて言いやせんがよ」

東雲組に出入りしているうちに、怖い顔、というものを見慣れてしまったのかもしれない。舞桜がこれまで見た中で一番怖かったのは、拉致《らち》された佐知を助けに来た時の賢吾の顔だ。あれを見てしまったら、その辺の強面《こわもて》など気にもならない。

「アジは後で届けちゃうき、先に診療所に行っちょきや」

「ありがとうございます。どうせ雄三さんと酒盛りする気なんですよね？　何か適当に作っておきますから」

「ははは、バレちゅうか。雄三によろしゅう言うちょいてや」

診療時間は終わっているが、きっとまだいるはずだ。舞桜はよいしょと立ち上がり、ばいばいとお年寄りに手を振ってからのんびりと歩き始めた。

小高いところにある診療所までの道のりは、いいリハビリになる。磯《いそ》の香《かお》りと潮風に包まれながら、雲一つない青空を見上げて歩くと、これまでの日々が夢だったような気がした。

あの家で晴海とみゃあちゃんと暮らした日々は、舞桜の願望が見せた幻《まぼろし》だったのかも。そう思うぐらいに、晴海のそばにいられたことに現実味がない。

「今頃《いまごろ》、何してるかなあ」

きっと、今日も眉間《みけん》に皺《しわ》を寄せながら書類とにらめっこしているはずだ。いや、もしかしたらこの時間は、賢吾か佐知との言い合いを楽しんでいる頃《ころ》かも。

想像したら、少し寂《さび》しい気持ちになる。舞桜がいなくても、晴海は何も困らない。そんな分かり切ったことで傷つくなんて、今更《いまさら》過ぎる。

「会いたい、なあ……」

晴海が結婚《けっこん》したら、こうして離《はな》れていることが当たり前の日々になる。そう考えると胸がぎゅっと苦しくなった。もちろん晴海の世話は奥さんがするだろう。晴海好みのコーヒーを淹《い》れるのも、放《ほう》っておくと平気で食事を忘れる晴海に弁当を届けるのも、寝《ね》る時にあの腕《うで》に抱《だ》きしめられるのも、全部奥さんの役目なのだ。

「………」

それは、悲しいけれど幸せな想像だった。

晴海が誰《だれ》かの隣で幸せそうに笑う。その姿を見ていられるだけで、舞桜は幸せなのだ。それ以上を望むのは、身の程《ほど》知らずが過ぎる。

それでも舞桜の恋心《こいごころ》は、ちくりとした胸の痛みを連れてくる。この痛みにも慣れなければならない。そうだ、みゃあちゃんのことでも考えよう。みゃあちゃんのことは晴海が世話をしていると賢吾から聞いたが、晴海はちゃんとみゃあちゃんにささみをあげてくれているだろうか。

そんなことを考えながら坂を上り切る。診療所の看板が見えてきてふうと一呼吸ついたら、ものすごい剣幕《けんまく》の怒鳴《どな》り声が聞こえてきた。

「あいつがここにいるのは分かっているんだ！　今すぐ出せ！」

びりびりと、周囲の空気を揺《ゆ》るがすぐらいの怒気混じりの声が辺りに響《ひび》く。声に聞き覚えがありすぎるほどにあって、舞桜は慌《あわ》てて診療所の裏に回った。

「晴海さん!?」

「こら、舞桜。出てきたらいかん」

雄三の言葉が言い終わるより先に、舞桜の目の前に人影《ひとかげ》が現れて腕を摑《つか》む。

「やっと見つけた」

やはり、声の主は晴海だった。舞桜の腕を摑んだ手にぐっと力が籠《こ》もる。

「い、痛いですよ、晴海さん」

「うるさい！」

怒鳴られて、びっくりした。これまで一度だって晴海にこんな態度を取られたことがない。

「舞桜、今すぐ儂《わし》が助け――」

「大丈夫《だいじょうぶ》ですよ、雄三さん。晴海さんは俺の雇《やと》い主なんで」

晴海が雄三に投げ飛ばされでもしたらと、舞桜は慌てて雄三に笑顔《えがお》でアピールする。だがそうしている間にも、晴海は舞桜の手を摑んで引きずるように歩き出していて、舞桜は訳も分からないまま雄三に向かって「本当に大丈夫ですから！」と叫《さけ》ぶ。

「あ、あのっ、夕飯までには帰ってきますからっ」

「君が帰る場所はここじゃないだろうが！」

雄三を心配させないようにと叫んだ言葉に、反応したのは晴海だった。舞桜の腕を摑む手に一層力が籠もり、有無《うむ》を言わせぬ勢いで歩かされ、無言の晴海に押し込まれたのは車の中だった。

「は、晴海さん？　あの、どうしてここが……？」

　ばたん！　舞桜の言葉を無視して、晴海が助手席のドアを閉める。その後すぐに運転席に晴海が乗り込んできて、行き先も告げずに車が出発した。

「えーっと……どこに行くんですか？　俺、財布《さいふ》も持ってないし——」

「君の荷物は後で取りに来させる」

　にべもない態度でそう言った晴海は、運転中だから当たり前のことではあるのだが、前を見たまま舞桜のほうをちらりとも見ない。

　珍《めずら》しいことに、晴海の頭はぼさぼさだった。髭《ひげ》だって数日は剃《そ》っていないように見える。着ているＹシャツとスラックスも皺だらけで、いつも身綺麗《みぎれい》にしている晴海なのに、どうしたんだろうと心配になる。

　もしかして、迎《むか》えに来てくれたんだろうか。それはありがたいが、佐知にはまだ帰ってくるなと言われている。だがどう見ても不機嫌《ふきげん》極《きわ》まりない晴海にそれを聞くのは気が引けて、どうしようかなと悩《なや》んでいたら、コートのポケットに入れていたスマホが着信を知らせた。

「賢吾さんからだ」

「……やっぱりグルだったか」

　隣《となり》から舌打ちが聞こえてきて電話に出るべきかどうか迷ったが、賢吾からの連絡《れんらく》を無視する訳にもいかなくて、舞桜は通話ボタンをタップする。

「もしもし？」

『そっちに伊勢崎が行ってねえか？』

「えっと……はい、います」

隣に視線を向けて答えると、またちっと舌打ちが聞こえてきた。

『やっぱりか。思ったより早く見つけたもんだな。ちょっと油断してたもんで、その馬鹿《ばか》がいなくなったのに気づくのが遅《おく》れてな。連絡が遅《おそ》くなって悪かった』

「え、いや、俺は別に大丈夫ですけど、一体何があったんですか？」

『その馬鹿から何も聞いてないのか？』

「来るなり車に乗せられて、今走ってます」

『そうか。まだ監禁《かんきん》されてねえってことだな』

「まだ？」

そうなることが前提条件のような話し方に疑問を感じる。何故《なぜ》、舞桜が晴海に監禁される必要があるのか。

『今そいつ、無茶苦茶《むちゃくちゃ》怒《おこ》ってるからな。俺のことぶん殴《なぐ》って出ていきやがった』

「賢吾さんを、ぶん殴った……？」

思わず声に出した舞桜の言葉に反応して、晴海がふんと鼻を鳴らす。

「殴るぐらいで済んで、感謝して欲しいぐらいだ」

『いいか、舞桜。よく聞け。今そいつブチギレてんだ。それを止められるのはお前だけなんだよ。けどお前には手札が少ねえ。そいつがお前に黙《だま》ってることが多すぎるからな』

「どういうことですか？」

「舞桜、電話を切れ」

　晴海が舞桜のスマホを奪《うば》おうとするが、舞桜はそれを拒否《きょひ》して晴海と距離《きょり》を取る。

「賢吾さん、教えてください」

「舞桜っ」

『俺がお前を拾ったのは伊勢崎に頼《たの》まれたからだ』

「え？」

『そのお前に怪我《けが》をさせたとあって、俺は伊勢崎にずっと責められてる。ここから先は伊勢崎に聞け』

「電話を切れと言っているだろう！」

　ブレーキを踏《ふ》んだ晴海が、車を止めて舞桜からスマホを取り上げた。だが、今さっき賢吾から聞いた言葉は、舞桜の耳にこびりついている。

「賢吾さんが俺を拾ったのは、晴海さんが頼んだからなんですか？」

「余計なことを……」

　晴海はちっと舌打ちをして、「とりあえず、邪魔《じゃま》にならないところに車を止めてからにしよう」と言って少し走り、人気《ひとけ》のない波止場《はとば》の辺りで車を止めた。

「初恋なんだ」

車を止めるなり、晴海はそう言ってハンドルに突《つ》っ伏《ぷ》した。

「……え？」

「勘違《かんちが》いしないで欲しい。初めて君に会った時、君はまだ五歳ぐらいだっただろう？　さすがにその頃《ころ》に好きになった訳じゃない」

「あの……覚えてたんですか？」

「ああ。あの時はまだ君はにこにこと笑う小さな子供で、可愛《かわい》い子だなと思っただけだった。だが君はすぐに母親に連れていかれて、それっきり姿を見なくなった。そして、久しぶりに君を見たのは俺が高校生の時だ」

晴海と会話をすることはなかったが、本家の集まりには手伝いとしてよく駆《か》り出されていた。おそらくその時のことだろう。

「君を見た時、すぐにあの時の子供だと分かった。綺麗《きれい》な顔立ちと髪《かみ》の色は、俺にあの時の記《き》憶《おく》を思い出させたよ。けど、君はずっと作り笑いを浮《う》かべているだけで、あの時見せてくれたような笑顔を見ることはできなかった」

「…………」

「それから、君のことが気になり始めた。どうして笑わないんだろう。笑ったらあんなに可愛らしいのに、と。本家で集まりがあるたびに、君の姿を探すようになった。それで、気づいたんだ。君はいつも同じ服を着ていた。体は見るたびに痩《や》せていくし、手はあかぎれだらけだった」

思わず、自分の手に視線を落とす。確かに、当時の舞桜の手はあかぎれだらけでぼろぼろだった。けれど、それを気にしてくれていた人がいたなんて思わなかった。

「それに気づいたら、もっと君のことが気になるようになった。本家に来る親戚《しんせき》達に聞いたら、君のことをあれこれ話してくれたよ。君のことは暗黙《あんもく》の了解《りょうかい》になっていたんだ。皆《みんな》、知っていて君を助けなかった。腹が立ったが、俺だって同じだ。それを知った時の俺は大学生で、君を助ける力がなかった」

「そんな……一緒《いっしょ》じゃないです。晴海さんは、俺のことを助けてくれたじゃないですか」

「違う。助けたのは俺じゃない。……今でもそれが悔《くや》しい」

晴海がぎゅっと手を握《にぎ》りしめ、ハンドルをどんっと殴った。

「本当は、俺が君を助けたかった。でも時間がなかった。俺と賢吾さんが君に会いに行った日の翌日には、君は売られることになっていたんだ」

「……え？」

「売られる、というのは正確じゃないか。本家に出入りしていた金持ちのくそじじいが君を見《み》初《そ》め、君はその男に引き取られることになっていた。評判の悪い男だ。あんな男に連れていかれていたら、今頃《いまごろ》君は五体満足でいられたかどうかも分からない」

「そう、だったんですか……」

驚《おどろ》きはなかった。舞桜の存在は罪の象徴《しょうちょう》だ。手放すことができるなら、母は喜んで手放しただろう。

「それで、賢吾さんに頼んでくれたんですか……？」

「……君がくそじじいの慰《なぐさ》み者になると思ったら居ても立ってもいられなくなって、東雲先輩《せんぱい》を捕《つか》まえて助けてくれと懇願《こんがん》していた。俺の全部をあなたに差し出すから、頼むから願いを聞いてくれ、とな」

懇願する晴海の姿なんて想像がつかない。いつだって飄々《ひょうひょう》として、何だってできそうなのが晴海なのに。

「あの人にしては珍しく驚いた顔をしてから、腹を抱《かか》えて笑われたよ。でもひとしきり笑ってから、あの人は細かい事は何も聞きもせず、『分かった』と言ったんだ。『お前のそんな顔を見られたチップだと思えば安いもんだ』とな」

「じゃあ、晴海さんは俺を助けるために、東雲組に入ったんですか？」

「……俺はあの時本気で全部を東雲先輩に差し出すつもりだったが、あの人はそんなものはいらないと言った。だから選んだのは俺だ。君を助けたのは俺だと思いたかった。そういうただの自己満足だから、君を助けるために東雲組に入ったとは言えない」

晴海は、ごん！　とハンドルに額をぶつける。

「君を助けた時は、まだ恋《こい》だと分かってなかった。ただ君を自由にはばたかせたくて、俺にできることは何でもしたいと思っただけだった。だが、君は一日ごとに綺麗になる。最初は怯《おび》えていたくせに、そのうち俺に昔と同じ笑顔《えがお》を見せてくれるようになって、その時俺は、ずっとこの笑顔が見たかったんだって気づいた。気づいた時の俺の気持ちが分かるか？　絶望したよ。君は俺のことを盲目的《もうもくてき》に信じている。そんな相手に好きだと言われたら、恋や愛など知らないままでも、君は俺のことを受け入れるに決まっているんだ」

「…………」

「君を愛してる。だが、君には自由でいて欲しい。葛藤《かっとう》の毎日だ。君は俺の鋼《はがね》の精神力に感謝したほうがいい。君はまったく無防備で、いつ俺に無茶苦茶にされても文句が言えないぐらいだったんだぞ？　大人ぶった顔をするくせに、夜には枕《まくら》を抱《だ》きしめて子供みたいな顔をする。俺がどんなに我慢《がまん》したと思うんだ」

晴海の言葉はどれも考えたこともなかったことで、舞桜は驚きのあまり返事をすることができなかった。

ただ、晴海の言った『愛してる』という言葉だけが、舞桜の胸に温かく広がる。

晴海さんの初恋？　俺が？　晴海さんが愛してる？　俺のことを？

「君は、俺のことが嫌《いや》になったんだろう？」

何も言わない舞桜に痺《しび》れを切らしたのか、晴海は早く断罪してくれとばかりに項垂《うなだ》れた。

「そんなこと、ある訳ないです」

「でも、嫌になったから黙っていなくなったんだろう？」

「そんなんじゃなくて……」

そもそも、お見《み》舞《ま》いにも来てくれなかったのは晴海のほうじゃないか。どうして自分が責められるのかと、舞桜は初めて晴海に腹を立てる。

「俺は……っ」

ずっとあなたに会いたかったのに。そう訴《うった》えようとした。だが、舞桜の言葉を防ぐかのように、シートベルトを外した晴海が、突然《とつぜん》舞桜のシートを倒《たお》して伸《の》し掛《か》かってきた。

「今すぐ抱かせてくれ」

「な、何でそうなるんですかっ！」

晴海の思考についていけない。そもそも舞桜と晴海とは頭の回転の速さが違うのだ。舞桜を置いてけぼりにして、勝手に話を進めないで欲しい。

「俺はもう、君を今更《いまさら》放せない。……放せる、と思っていた。君が笑っていてくれるなら、君が他《ほか》の誰《だれ》かと生きても祝福できると思っていた。だが、やはり無理だ。俺は君なしで生きられない」

「は、晴海さんっ、痛い……っ」

晴海の手が、舞桜の両手を拘束《こうそく》する。力でねじ伏《ふ》せられ、悲しい訳ではないのに生理的な涙《なみだ》が零《こぼ》れた。その途端《とたん》、晴海の腕《うで》の力がするりと緩《ゆる》む。

「くそっ」

晴海は頭をぐしゃぐしゃと掻《か》き毟《むし》り、らしくない仕草で運転席にどさっと座り直した。

「だから嫌だったんだ……っ」

「……何が、ですか？」

「君が、本当の俺を知ったら絶対に逃《に》げると分かっていたんだ……なのに俺は……っ」

「本当の俺？」

「なるべく恰好《かっこ》悪いところは見せないようにしようと思ったのに、君が死ぬかもしれないと思った瞬間《しゅんかん》全部吹《ふ》き飛んだ。みっともなく取り乱して、本当に俺は馬鹿《ばか》だ」

どうやら晴海は、恰好悪いところを見た舞桜が幻滅《げんめつ》して逃げた、と思い込んでいるようだが、舞桜にはその思考の意味が分からない。

「い、いや、ちょっと待ってください。恰好悪いところ？　晴海さんに恰好悪いところなんか全然ないですよ？」

「本当に？　君を刺《さ》した男を殺す俺でも？」

「こ、殺しちゃったんですか？」

「いや、まだだ。東雲先輩のやつ、俺に黙《だま》ってマグロ漁船なんかに乗せやがって。お陰《かげ》で陸に上がってくるまで殺しに行けない」

「まだ、じゃなくてずっとしないでください」

なるほど。賢吾が犯罪者にしたくないと言っていたのは晴海のことだったのか。心の中で賢吾に頭を下げる。

「君がどんなに逃げたいと思っても、俺は君を逃がせないんだ。悪いが諦《あきら》めてくれないか」

晴海の声は、途《と》方《ほう》にくれているように聞こえた。自分でもどうすることもできないと、呆然《ぼうぜん》としているような。

「ずっと、いつか君を手放してやらなければならないと思っていたが、君が俺のそばからいなくなるなんて、俺には耐《た》えられなかった。絶対に許せない。無理だ。君がいなくなるなんて、俺には死の宣告にも等しい」

晴海の手が舞桜の手を取り、晴海の唇《くちびる》が引き寄せた舞桜の手の甲《こう》に押しつけられる。

「何でもする。頼《たの》むから、俺を君のそばに置いてくれ」

舞桜の胸がぎゅうっと痛む。こんな風に、舞桜の胸を苦しくさせるのは、晴海だけだ。晴海がいなければ、舞桜は誰にも恋なんてできなかった。

「違《ちが》うんです、晴海さん」

「何が違うんだ」

「それは俺が言わないと駄目《だめ》な言葉なんです。……そばに置いてくれるだけでいいんです。多

くは望まないから。あなたの邪魔《じゃま》になるようなことだけはしないから」

晴海のことが好きだ。けれど、この恋が舞桜一人だけのものじゃなくなることが怖《こわ》い。いつか、母のようになってしまうんじゃないか、と。

「君が邪魔になんかなる訳がないだろう？」

「……好きでいさせてくれるだけでいいんです。ひとりよがりの恋でいい。あなたに愛されてしまったら、俺は母と同じになってしまうかもしれない。それが怖いんです」

「……言っただろう？　もし君が淫乱《いんらん》になるなら、俺が責任を取ってやる、と」

「快楽のためなら何でもするような人間になっても？」

「たとえば君が、俺以外の相手ともそういうことをしたいと思ったとしよう。だが、君がどんなにそう望んでも、俺がさせない」

「そんなの、隠《かく》れてするかもしれないじゃないですか」

「俺が、それを許すとでも？」

晴海の目がすっと細められる。やれるものならやってみろ、と言われているようだ。

「君は余計な心配をしなくていい。ただ、イエスと言ってくれれば。そうしたら俺は、全力で君を束縛《そくばく》する。君が他所《よそ》を見ている暇《ひま》もないぐらいに」

「自信家、ですね」

「そういう俺は嫌《きら》いだろうか？」

「いえ、凹《へこ》んでる晴海さんを見るよりはずっといいです」

晴海の手が、そっと舞桜の頬《ほお》に触《ふ》れる。

「触れても、嫌じゃないか？」

「嫌な訳がないです」

晴海がまるで壊《こわ》れ物を扱《あつか》うみたいに舞桜に優《やさ》しく触れるから、何だか自分がすごく貴重なものになったように思えてしまう。

「答えを、聞かせてくれないか？」

晴海の瞳《ひとみ》に自分が映っている。その表情を見るだけで、答えなど聞く必要もないだろうにと舞桜は思った。

自分でも恥《は》ずかしいぐらいに感情が面《おもて》に出ている。あなたが好きだと、言葉よりも雄弁《ゆうべん》に目が語っていた。

「舞桜……？」

だが、晴海の目はあくまでも真剣《しんけん》で。その必死さに、舞桜はようやく気がつく。舞桜からしてみればあからさまに思える感情でも、言葉にしなければ真に伝わりはしないのだ、と。晴海は舞桜への気持ちを丁寧《ていねい》に言葉にしてくれた。舞桜も、晴海にちゃんと伝えなければ。

「先に、俺の気持ちを聞いてください。晴海さんは誤解してます。俺は、あなたから逃げたいなんて思ってません」

「現に逃げたじゃないか」

舞桜の頬から手を離《はな》し、晴海がむっとした顔でハンドルをこつんと叩《たた》く。

「俺は、ずっとあなたの役に立っていたかった。役に立つうちは、あなたのそばに置いてもらえると思ったから。でも怪我《けが》をして、役に立つどころか皆《みな》さんの手を煩《わずら》わせてる現状に耐えられなくなったんです。だから佐知さんに頼んで、しばらく療養《りょうよう》できる場所を探してもらいました。それだけです」

「療養？　佐知さんには、医院を辞《や》めるという書き置きを残していなくなったと聞いたが」

「え？　療養先にここを紹介《しょうかい》してくれたのは、佐知さんですよ？」

「ちっ……まさか佐知さんに騙《だま》されるとはな」

晴海の表情が般若《はんにゃ》のようになって、舞桜は自分が余計なことを言ってしまったと悟《さと》る。

「えっと……もしかしたら、佐知さんと行き違いがあったのかも――」

「庇《かば》わなくていい。俺が悪いということは分かっている」

晴海は髪《かみ》を掻き上げ、大きくため息を吐《つ》いた。

「雨宮医院に出入り禁止になったんだ」

「は？」

「手術が終わって君が雨宮医院に運ばれた後、俺は仕事を全部放《ほう》り出してずっと君のそばについていたんだが、三日目に『その辛気《しんき》臭《くさ》い顔をどうにかしろっ！』と佐知さんに怒鳴《どな》られて、医院から放り出されたんだ」

「え……？　晴海さん、俺のそばについていてくれたんですか？」

入院中、どうして晴海は一度もお見舞《みま》いに来てくれないのだろうかと舞桜は拗《す》ねていたのに、舞桜の意識がなかっただけで、晴海はとっくに会いに来てくれていたのか。

「君が死んだらと思ったら何も手につかなかったからな。……それで、佐知さんに追い出された後、今度は東雲先輩《せんぱい》のところに行って散々八つ当たりして閉じ込められた」

「閉じ込め、られた……？」

「それで、ようやく目が覚めた。東雲先輩が悪いはずがない。あの時あの場にいたのに、君を助けられなかったのは俺だ。全部俺が悪い。だが、佐知さんはその頃《ころ》には滅茶苦茶《めちゃくちゃ》に怒《おこ》っていたからな。今の俺なんかに君を会わせたくないと思ったんだろう」

佐知がどうして舞桜にまだ戻《もど》ってくるなと言っていたのかが、ようやく分かった。舞桜が療養している間にそんな大変なことになっていたとは。

けれど、こんなことを考えてはいけないとは分かっているが、晴海が佐知に追い出されてしまうほど、賢吾に閉じ込められてしまうほど、舞桜のことで正気を失ったと知って、舞桜は嬉《うれ》しかった。

「晴海さん、俺、今ならあなたに言える気がします」

「ん？　何の話だ」

晴海にしては察しが悪い。舞桜は赤くなってしまいそうな頬を両手で隠し、指の合間から晴海を見つめ、小さい声で呟《つぶや》いた。

「あなたのことが、好きです、って」

「…………」

ものすごく勇気を出したのに、晴海の反応がない。舞桜のことを見つめたまま固まった晴海に、舞桜は「ひどいじゃないですか」と唇を尖《とが》らせた。

「何とか言ってください……俺が、馬鹿《ばか》みたいじゃないですか……っ」

「いや……っ、だって、どうして、何故《なぜ》今のタイミングで!?　今、俺は自分の恰好《かっこ》悪いところを白状していただけなんだが!?」

晴海が混乱した顔で舞桜の両肩《りょうかた》を掴《つか》んで揺《ゆ》さぶる。あれ？　何で伝わらないのかな？　舞桜は首を傾《かし》げた。

「晴海さんが恰好悪かったことを教えてくれたからじゃないですか」

「はあ？」

さっきから晴海の表情がころころと変わっている。長く晴海と一緒《いっしょ》に暮らしているのに、今日だけで舞桜の知らない晴海をたくさん見た。舞桜は思わずぷぷっと噴《ふ》き出す。

「晴海さんが完全無欠の先生のままだったら、俺はあなたに好きって言う勇気が持てないままだったと思うんです。でも晴海さんが、俺のことを考えて色々恰好悪い行動を取ってしまったっていうのを聞いて、自分で思うよりたぶん、あなたに愛されてるなあって」

「悪いが、本当に、全然、君の言っていることが分からないんだが」

「だって、賢吾さんもそうじゃないですか。何だってできるのに、賢吾さん、佐知さんのことになると笑っちゃうぐらい駄目《だめ》になっちゃう時があって……でも俺、賢吾さんみたいな人をそんな風にしちゃう佐知さんのことが、ちょっと羨《うらや》ましかったんです」

佐知といない時の賢吾は、何でもできて完璧《かんぺき》な人だ。それなのに佐知が絡《から》むと途端《とたん》にポンコツになることがある。でもそれは、賢吾が全《すべ》てを放り出してしまうぐらいがむしゃらに佐知のことが好きだからで、舞桜はそんな風に全力で愛されている佐知に羨ましさを感じていた。でもそれはお伽噺《とぎばなし》に対する憧《あこが》れのようなもので、自分とは関係ないと思っていたのだ。

でもここに、舞桜の王子様がいた。

「恰好悪いから好きと言われるのは、複雑な気持ちだな……」

「ふふ、すみません」

「東雲先輩のお陰《かげ》で君に好きと言ってもらえた、みたいな流れも不服だ」

晴海はむすっとした声でそう言ったが、舞桜がそれにくくっと笑った途端、舞桜のことをシートに押し倒《たお》した。

「だが、これで君は俺のものだな?」

舞桜の大好きな人が、舞桜の返事を欲しがって見下ろしてくる。それに舞桜は自信満々に答えた。

「晴海さん、知らなかったんですか？　俺はずっと前から、晴海さんのものなんですよ？」

だって言ったじゃないですか。俺に、『君の人生を、丸ごと俺にくれ』って。

「ちょ、ちょっと話し合いませんか⁉」

「断る」

ベッドに放り投げられ、ぼすんと安ベッドのスプリングが軋《きし》む音がする。何だか生々しい気がして、舞桜は慌《あわ》てて起き上がろうとしたが、Ｙシャツのボタンを片手で器用に外しながら、真顔の晴海が伸《の》し掛《か》かってきた。

「は、晴海さん！　本当に、ちょっと待ってくださいっ‼」

「駄目だ、日にちを空けたら、冷静になった君にやっぱり気の迷いだったと言われるかもしれない。絶対に今日、既成事実《きせいじじつ》を作る必要がある」

「気の迷いだなんてっ、そんなこと絶対にありませんからっ！」

Ｔシャツを捲《まく》り上げられ、舞桜は裾《すそ》を押さえて必死の抵抗《ていこう》をする。どうしてだ。どうしてこんなことになったのか。

ついさっきまで恋《こい》が実った甘酸《あまず》っぱさを感じていたはずなのに、『晴海さんのものなんですよ？』と言った直後に無言になった晴海が、舞桜の困惑《こんわく》をよそに車を走らせ、辿《たど》り着いたのが山奥にあったラブホテルだったのだ。『顔を洗ってくる』と言われた時は疲《つか》れたから休憩《きゅうけい》したいんだなと思っていたが、髭《ひげ》を剃《そ》ってさっぱりした晴海に見惚《みと》れている間にこんなことになっていた。一体何故なのか。

「俺だって、自分が最低なことを言っている自覚はある。だが、君は恰好悪い俺が好きだと言っただろう？　だからどんどん恰好悪いところを見せていこうと思う」

「お、俺は別にそういう意図で言ったつもりでは……駄目ですって！」

あわあわとしている間に、スウェットパンツを引き抜《ぬ》かれた。慌ててTシャツでボクサーパンツを隠《かく》そうとすると、晴海がずいっと舞桜に顔を寄せ、至近距離《きょり》で唸《うな》るような声を出した。

「俺のことを好きだと言ってくれたのは、嘘《うそ》だったのか？」

晴海はそう言って眉間《みけん》に皺《しわ》を寄せたが、舞桜は状況《じょうきょう》も忘れて目前に迫《せま》った晴海の整った顔立ちに釘付《くぎづ》けになる。ああ、今日も恰好いい。真剣《しんけん》な表情で舞桜を見下ろす晴海は、今この瞬間《しゅんかん》、地球上の誰《だれ》よりも恰好いいと思った。

「舞桜、聞いているのか？」

「は、はいっ」

完全に見惚れてしまっていたことに気づき、慌てて返事をする。晴海は「ん？」と首を傾げ、それからまたずいっと舞桜に顔を近づけた。あ、ちょっと意地悪な顔してる。でもそんな表情も恰好いいな。

「なるほど。この顔にも使い道があったか」

「え？」

晴海が片手でメガネを外して放《ほう》り投げる。それから乱れた前髪《まえがみ》を掻《か》き上げ、舞桜に視線を落とす。

「好きなだけ見ていていいから、俺の質問に答えなさい」

「はい」

メガネを外した晴海は少し気だるげな表情で、いつもはメガネで隠れて見えにくい長い睫毛《まつげ》が瞬《まばた》きのたびに上下するのがしっかりと見えた。視線が離《はな》せなくなって、舞桜は熱に浮《う》かされたようにただ頷《うなず》いた。

「俺に触《さわ》られるのは嫌《いや》じゃないんだろう？」

晴海の手が、舞桜の頬《ほお》に触《ふ》れる。

「はい」

むしろ好きだ。舞桜の頬に触れる時、晴海の目の輪郭《りんかく》が優《やさ》しく撓《たわ》むから。

「じゃあ、近づくのは駄目か？」

「駄目……じゃ、ないです」

駄目、と言いかけたところで、晴海の表情が優しく綻《ほころ》んだから、つい答えを変えてしまった。

晴海はよくできましたと言う代わりに舞桜の頬を指で撫《な》で、それから晴海の綺麗《きれい》な目が閉じられ、長い睫毛が伏《ふ》せられて——

「……ちゅっ」

あ、と思った時には、唇《くちびる》が離れていた。

「……ずるい」

近づくのは駄目か、とは聞かれたが、キスしてもいいか、とは聞かれていないのに。

「どうして？　君に近づいて、離れただけだ。こうして」

もう一度、晴海の唇が舞桜の唇に触れる。今度はさっきよりも長く。ちゅっと互《たが》いの唇が音を立てるのが生々しい気がして、唇が離れた途端、あまりの恥《は》ずかしさに指で自分の唇に触れる。晴海の体温がまだそこに残っているようで、どんな表情をしていいのか分からなくなった。

「嫌、だったか？」

晴海は眉《まゆ》をへにゃりと下げ、心配そうな表情で舞桜の顔を覗《のぞ》き込んでくる。そんな表情も綺麗で、舞桜は視線を奪《うば》われそうになるのを必死に我慢《がまん》して、晴海の顔を見ないようにしながら小さく首を振《ふ》った。

「い、嫌……ではないです、けど……」

「そうか」

舞桜としては、けど、の部分を分かって欲しかったのに、晴海はすぐにまた唇を触れ合わせてきた。しかも今度は、晴海の舌が舞桜の唇を舐《な》めてくる。

　知識では知っていても、恥ずかしすぎてそんなことはできないと唇に力を入れたが、晴海の手に首筋を擦《こす》られ、思わずびくりとそちらに意識を取られたのを見計らったように舌がするりと入り込んできた。

「……ん、む……ぅ……」

　抵抗した、と思う。舞桜としてはそのつもりだが自信がない。入り込んでくる舌を押し戻《もど》そうと舞桜が舌を出したら、そのまま搦《から》め捕《と》られてしまったからだ。

　いやいやと顔を背《そむ》けようとしても、晴海の唇は舞桜の唇から離れない。それどころかより一層舌が奥まで入ってきて、口蓋《こうがい》まで舐め上げられてしまった。

　びくりと体が震《ふる》える。こんな感覚は初めてで、舞桜は今度こそ首を振って無理やり晴海の唇から逃《のが》れる。

「舞桜、嫌がってくれるな。全部を寄越《よこ》せとは言わない。君の覚悟《かくご》ができるまでは――」

「い、嫌っれいうか、変にらるのれ、こういうのはちょっと……っ」

　舌が痺《しび》れて思い通りに動かない。こんな風になるのも初めての経験だった。

「……変になる？　嫌じゃないのか？」

「か、体が、ぞくっとして……風邪《かぜ》を、引いたみたい、な……」

　じんとした舌の痺れはすぐに治まったが、体はまだぞわぞわとしている。舞桜が離れてくれと訴《うった》えたら、晴海はそれを無視して少し考えた後、晴海にしては珍《めずら》しいほど戸惑《とまど》った顔をした。

「デリカシーのない男だと思わないで欲しいんだが、自分でしたことぐらいはあるよな？」

「……？　何をですか？」

「マスターベーション」

その単語を聞いた途端《とたん》、かっと顔に熱が集中したのが自分でも分かった。

「知らないはずはないよな？　看護学校で、人体の仕組みぐらい習うだろう？」

「も、もちろん知ってますよ！　……でも、実は俺、したことがなくて」

「…………」

晴海がフリーズした。きっと呆《あき》れられたと半泣きになりながら、舞桜はしどろもどろに言い訳を口にする。

「だ、だって、ずっとそういうことが分からないまま来たし、知った時には別に必要だと思わなかったし……っ」

物置に住んでいた頃《ころ》は、そもそもそんなことを知らなかった。小学校にも行っていない舞桜は、性教育を受ける機会もなかったから。晴海と暮らし始めた後も、晴海からその手の教育は受けなかった。高卒認定《にんてい》試験にも保健の科目はなく、看護学校に入って初めてその手の授業を受けたが、その頃にはそんな経験のないまま大きくなっていたので、今更《いまさら》必要だとも思わなかったのだ。

「まあ……君に対する気持ちがあった分、俺は意図的にその手の話は避《さ》けていたからな。……君が疎《うと》いのは俺の責任でもある」

「そんな……晴海さんは何にも悪くないです」

「いや、ちゃんと教えておくべきだったな。本当にすまなかった」

晴海が頭を下げてくるから、舞桜はとんでもないと首を振った。晴海はそんな舞桜ににっこりと笑いかけてくる。

「責任を取って、今から俺がちゃんと教えてやろう」

「え？」

「君が今さっき言った、体がぞくっとするという感覚は、君が今まで体験したことのない『快楽』だ」

「かい、らく……」

「そうだ。快楽の意味を知っているか？」

晴海が突然《とつぜん》先生モードになる。昔、舞桜に勉強を教えてくれていた時と同じような問いかけに、舞桜は状況も忘れて何とか答えを捻《ひね》り出そうとした。

「えっと……快くて、楽しい？」

「そうだ、快くて楽しいものを快楽と言う。決して嫌なものではない。分かるか？」

「はい」

「人間は未知のものを怖《こわ》がる傾向《けいこう》にある。君が快楽を変な感じだと思うのは、未知に対する恐《きょう》怖《ふ》心《しん》からだ。だから、正しく知れば、怖くなくなる」

「はい」

「という訳で、ここからは実践《じっせん》だ」

「はい。……え？」

晴海の話を神妙《しんみょう》な顔で聞いていた舞桜が言葉の意味を察するより、晴海の顔が近づいてくるほうが早かった。抗議《こうぎ》をする前に、言葉がキスに呑み込まれる。

「ちょ、ちょっとまっ……んん、む、ぅ……っ！」

言葉を発しようとするたびに、深いキスが襲《おそ》ってくる。くちゅくちゅと音を立てて舌を吸われると、じんと腰《こし》が痺れたみたいに重くなった。

「ふぁ……は、はるみさ……ん、んんっ」

晴海の膝《ひざ》が舞桜の股《また》を割る。ぐりっと股間《こかん》に膝を押しつけられて初めて、自分の性器がいつもと違《ちが》うことに気がついた。

「ああ、よかったな、舞桜。ちゃんと勃起《ぼっき》しているじゃないか」

あけすけに言葉にされ、羞恥《しゅうち》で舞桜の目に涙《なみだ》が浮かぶ。晴海の指がその涙を掬《すく》って、ちゅっと優しいキスが降りてきた。

「恥ずかしがる必要はない。これは生理現象で、男は皆《みんな》こうなる」

「ほ、ほんと、ですか……？」

騙《だま》されているのではないか。晴海の言葉を疑って、舞桜はそっと晴海のそこへ手を伸《の》ばす。だがそこには舞桜と同じように硬《かた》く主張しているものがあって、舞桜は晴海の言葉を疑ったことを恥じた。

「君と同じだろう？」

同じ、というには大きさが違いすぎる気がしたが、確かに硬くなっているという点においては同じだった。舞桜が小さく頷《うなず》くと、晴海は舞桜がしたように、舞桜のそこに手を伸ばした。

「ここをどうすることで快楽を得るのか、答えなさい」

「あ……あ、あのっ、さ、触《さわ》る……？」

問うている間にも晴海の手が舞桜のそこを撫でるから、舞桜の言葉が不自然に途切《とぎ》れる。手が触《ふ》れているだけなのに、腹がひくつく。もぞもぞと腰を動かすと、晴海の手がボクサーパンツの上からそこを握《にぎ》りこんだ。

「ひ……っ」

「まずは、俺が手本を見せるから、君は体を楽にしていなさい」

はい、と言葉にすることはできなかった。性器の先端《せんたん》を指でくりくりと撫でられ、勝手に出てしまいそうになる声を噛《か》み殺すのに精一杯《せいいっぱい》で。

「腰を上げなさい」

舞桜の体は、晴海の言葉に従うようにできている。万が一にも声が出てしまわないように指を噛みながら、舞桜が羞恥を噛み殺して腰を上げると、晴海の手がボクサーパンツをずり下ろした。

「……っ、んんっ」

晴海の手が、直接舞桜のそこに触れる。大きくて熱い手に包み込まれると、生まれてからこれまで一度も感じたことがなかったような感覚に、体が支配された。

「指を噛まず、声を出しなさい。そのほうが楽になる」

指が奪《うば》われ、晴海の手に搦め捕られる。もう片方の手は舞桜のそこを包み込んだままで、ゆっくりと上下し始めた。

「あ……あっ、はるみ、さ……っ、へ、変ですっ、あ、あっ、ぞわって、ぞわ……って、あ、あっ」

「変じゃない。そういう時は『気持ちいい』と言うんだ」

「あ、あ、きもち、い……?」

「そうだ。もっと言葉にして、慣れるといい」

晴海の手の動きが少し速くなる。そのままそこが抜《ぬ》けてしまいそうで、舞桜は膝を立ててぐっと腰を突《つ》き出した。

「あ、あっ、き、きもちいっ、あ、きもち、いいっ、あ、いやっ、いやぁっ」

横に寄り添《そ》って舞桜のそこを擦《こす》り続ける晴海の肩《かた》をがっと掴《つか》む。けれど晴海は手の動きを止めてくれず、舞桜はパニックになった。

「い、いやっ、あ、あっ、きもち、い……あ、あ……っ」

「そう。これが『気持ちいい』だ。ちゃんと覚えなさい」

これが気持ちいい？　今まで舞桜が知っていた『気持ちいい』とは違う。温かい湯船に浸《つ》かった時や火照《ほて》った体を冷やした時に感じる『気持ちいい』と、全然違う。

晴海の手からぐちゅぐちゅと音が立ち始めて、その音が一層自分を追い詰《つ》めていくのを感じた。知識など、役に立たない。この暴力的な感覚の前では。

「あ、いやっ、あ……っ、きもち、い……？　きもち、いい？　あ、あっ」

本当に、これが『気持ちいい』ということなのか？　心臓はばくばくと跳《は》ね、呼吸は苦しいぐらいなのに。

「ああ、すごいな。もうここがぱんぱんだ。これが君の初めての射精になる訳か。君がこれを大好きになるように、俺も努力しよう」

舞桜のそこを擦りながら、晴海の小指が陰嚢《いんのう》に触れる。そのたび腰にぐんと力が籠《こ》もり、舞桜の声がひと際《きわ》高くなった。

「はるみ、さんっ、あ、あっ、あーっ、でる、でちゃう、まって、あ、あっ」

晴海の小指がそこを押すたびに、排尿感《はいにょうかん》に似た感覚に襲われる。このままでは漏《も》らしてしまうと訴《うった》えたら、晴海は手の動きを止めないまま、優《やさ》しく言った。

「大丈夫《だいじょうぶ》だ、舞桜。それは『達《い》く』ということだ。快楽を得たら、最後はそこに行きつく。安心して『達く』といい」

　これが、達く、という感覚なのか。あまりの感覚の強さに、もう羞恥など感じている暇《ひま》はなかった。

「『達く』時は、ちゃんと『達く』と教えなさい。それがマナーだ」

　晴海に与《あた》えられる快楽に身悶《みもだ》え、舞桜は晴海に教えられた通りの言葉を繰《く》り返す。

「あ、い、いくっ、あー、いくっ、あ、あっ、ア……！」

　自分のものとは思えないほどに高い声が出た後、腰をがくがくと震《ふる》わせて舞桜は達した。びゅくっと高く飛んだ己《おのれ》の飛沫《ひまつ》が、Ｔシャツを捲《まく》り上げられて露《あら》わになっていた腹を濡《ぬ》らしたが、その感覚にすらびくりと体が跳ねる。

「舞桜、大丈夫か？」

　ほんの少しだけ、意識が飛んでいたらしい。気がついた時には、晴海にちゅっちゅっとキスをされていた。

「ふ、ふぇ……っ」

　ぶわりと涙が出てくる。まさか自分がこんなことになるなんて思わなくて、舞桜は生まれて初めてえぐえぐと声を上げて泣いた。

「ま、舞桜!? 怖かったのかっ？ ひどいことをして悪かった……っ」

慌《あわ》てた晴海に謝罪をされたが、舞桜はそうじゃないと全力で首を振《ふ》った。

「お、俺っ、やっぱり晴海さんの恋人《こいびと》にはなれません……っ」

「そ、そんなに嫌《いや》だったのか……？ 調子に乗って悪かった。二度とこんな馬鹿《ばか》なことを——」

舞桜はしゃくり上げながら、またぶんぶんと首を振る。

「そうじゃ、なくて……っ！ だ、だってマスターベーションっていうのは本来、一人でするものでしょう……？ そ、それなのに俺、そんなのでもうこんなに訳が分からなくなってしまって……もしあなたとセックスなんてしたら俺……っ、絶対に淫乱《いんらん》になってしまう……っ!!」

母と同じになってしまう。それは舞桜にとってとても恐《おそ》ろしいことだ。絶対になりたくない。そう思う。それなのに、初めての『快楽』はとんでもなかった。

「どうしよう、晴海さんっ、俺、気持ちよくて……っ、今したばっかりなのに、もう物足りなくなってる……っ！ やっぱり淫乱なのかもしれないっ、どうしよう……っ」

舞桜はパニックになって晴海に訴える。こんなに気持ちいいなんて知らなかった。このままでは、舞桜は本当に淫乱になってしまう。

晴海はちょっと驚《おどろ》いた顔をしたが、すぐに舞桜の手を取って甲《こう》にくちづける。

「今君は、俺にとんでもないことを言った自覚もないんだろうな。こんな男をつけあがらせるなんて、君は本当に愚《おろ》かだ」

「は、晴海さん……っ？　俺の話、聞いてますか……っ⁉」

今の言葉の何が晴海をつけあがらせるというのか。舞桜は本気で怯《おび》えているのにと憤《いきどお》ったが、晴海はふっと笑って舞桜にキスをした。

「恋人とこういうことをしてもっとしたいと思うのは、愛し合っていれば当然のことだ」

「愛し合っていれば、当然……？」

「それに、今のはセックスの前戯《ぜんぎ》だからな。物足りなく思ってもらえないと、俺が困るだろう？　それとも君は、自分だけが気持ちいい思いをして、それで終わりにするつもりか？　俺と二人で、もっと気持ちいい思いをしたいとは思わない？」

「もっと……？」

心臓の音がばくんばくんと体に響《ひび》く。これ以上、もっと気持ちいい思いができる？　それも、晴海と一緒《いっしょ》に？

「それに、前にも言っただろう？　俺の前でだけだったら、君はいくらでも淫乱になればいい。俺はそれを喜びこそすれ、嫌がったりはしない」

「本当に……いいんですか？」

自分でも、自分がどうなってしまうか全然分からないのだ。

「どんな俺でも、嫌《きら》ったりしませんか……？」

「嫌う訳がないだろう。どんな君でも間違《まちが》いなく愛している」

晴海はそう言い切って、舞桜に何度もキスをしてくれた。頬《ほお》に、瞼《まぶた》に、鼻に、唇《くちびる》に。そうされていると、晴海に全部を曝《さら》け出す勇気が湧《わ》いてくる。

「舞桜、セックスは二人でするものだ。だから、どっちかだけが恥《は》ずかしいなんてことはない。二人で協力して気持ちよくなって、二人で全部を曝け出すんだ。だから、ちゃんと全部教えてくれ。気持ちいいことも、嫌なことも全部」

「……はい」

晴海にTシャツを脱《ぬ》がされても、今度は抵抗《ていこう》しなかった。

舞桜の腹に残る、まだ抜糸《ばっし》を終えたばかりの生々しい傷跡《きずあと》を見た時だけは晴海の表情が歪《ゆが》んだが、晴海は傷については何も言わなかった。たぶん、舞桜が後悔《こうかい》していないことを分かっているからだろう。

「晴海さんも……」

自分だけが全裸《ぜんら》になることに抵抗があって小さな声で訴えたら、晴海もすぐに全部を脱ぎ捨ててくれた。

「あ……」

晴海の性器が、硬《かた》く主張している。初めて見る他人のそれに、視線が落ち着かなくなった。まじまじ見るのは失礼かも。でも、晴海のものだと思うともっと見たい気もした。

「これからはこれも君のものだ。ちゃんと可愛《かわい》がってくれ」

晴海に手を導かれ、恐る恐る晴海のそれに触《ふ》れる。途端《とたん》にそこがびくりと震えて、晴海が小さく声を漏らした。

「君の触《さわ》り方は、くすぐったいな」

「ご、ごめんなさいっ」

「いい。俺も君を触るから、君も俺を触ってくれ」

晴海の手も、舞桜のそこに絡《から》みつく。さっきと同じように擦られ、舞桜も真似《まね》して拙《つたな》い動きでそこを擦る。

「ん、ん、あ、あ……っ」

けれど声が出るのは舞桜ばかりで、晴海は少し息を上げるだけだ。舞桜は悔《くや》しくなって晴海に尋《たず》ねた。

「どうしたら、ぁっ、もっと晴海さん、を……っ、あ、あっ、気持ちよ……っ、できるん……ですか……？」

「……そうだな。もし君が嫌じゃないなら、君のここに入れてもらえれば嬉《うれ》しい」

「う……っ」

やっぱりそうか。そうだよね。

もちろん、知識としては知っている。男性同士のセックスでそこを使うことがあるということは。雨宮医院ではまだお目にかかったことがないが、実習で行った総合病院の救急外来でセックス中に腸を傷つけてしまった男性が運び込まれたこともあった。

「嫌なら、無理にとは言わないが。別に挿入《そうにゅう》することだけがセックスじゃないからな」

「……いえ、嫌では……ないです」

たぶん舞桜には、晴海にされて本当に嫌なことは何もない。ただ、未知への恐怖《きょうふ》で怖気《おじけ》づいてしまうだけだ。

「なら、もし君がどうしても嫌だと思ったら、そこでやめるというのはどうだ？」

「それがさすがにひどいことだっていうのは、俺にも分かります」

セックスを途中《とちゅう》でやめることは蛇《へび》の生殺しであると、看護学校時代の同級生が言っていた。

晴海にそんなひどいことをしたくない。

「俺としては、チャレンジしないでやめることのほうが辛《つら》いんだが」

「…………」

頭を上げて、晴海の性器を確認《かくにん》する。本当にあんなものが入るだろうか。自分の尻《しり》をあんなもので突《つ》き刺《さ》されることを考えると恐怖しかなかったが、晴海にだって気持ちよくなって欲しいと、舞桜は決心した。

「俺、頑張《がんば》ります」

「そうか、よく言った」

晴海はそう言ってにっこり笑った。

「じゃあ、四《よ》つん這《ば》いになりなさい」

「え？」

「どうしたんだ、頑張ってくれるんじゃないのか？」

そう言われてしまうと、恥ずかしいと言えなくなる。舞桜はおずおずと四つん這いになり、晴海を振り返った。

「それで、どうするんで……や、晴海さんっ、何して……っ!!　あ、いやああっ」

舞桜は我が目を疑った。尻を割り拓《ひら》いた晴海が、そこへ顔を埋《うず》めたのだ。それと同時にぬるりとした感触《かんしょく》がそこに触れ、自分が何をされているのか察してしまった。

「あ、だめ、だめぇっ、晴海さ……っ、あ、あ、きたな、あ、あっ」

さすがにそんなことをされるとは思っていなくて、舞桜は慌てて逃《に》げようとしたが、晴海に両手をひとまとめにして摑《つか》まれて、頬と肩《かた》をベッドに付けたまま起き上がれなくなる。

「い、いやあっ、晴海さん、やだあああっ」

晴海は、舞桜がどうしても嫌だったらやめてくれると言った。舞桜は慌てて嫌だと繰《く》り返したが、晴海はちっともやめてくれなかった。

どうして、どうしてやめてくれないのか。じゅるりと吸いついている音が聞こえて、舞桜は羞恥《しゅうち》で死にそうなのに。

「君が今やめて欲しいのは、恥ずかしいからだろう？　忘れたのか？　セックスの時は、二人共全部曝け出すものだ。恥ずかしがるのはマナー違反《いはん》だろう？」

「で、でも、あ、あっ、でも……あ、ああっ」

「でも、気持ちいいだろう？　恥ずかしくなかったとしても、されたくないと思うか？」

「あ、あ……っ」

舞桜の性器からとろりと液体が漏《も》れる。これで気持ちよくないと言ったところで、まったく説得力がない。気持ちいいか悪いかと聞かれれば、ものすごく気持ちいい。これまでの比ではないほどに。

「ほら、自分でここを開きなさい」

舞桜の抵抗が止《や》むと手の拘束《こうそく》が解かれたが、代わりに自分の尻へと導かれた。言われるがままに、両手で割れ目を露《あら》わにする。恥ずかしさにすすり泣いたが、性器からはまたびゅくりと白濁《はくだく》が漏れた。

「ひくひくしてるな。ここは素直《すなお》に快感を待っている」

晴海の指がにゅぷりと中に入っていく。

「あ……あぁ……」

指が根本まで収まると、奥をぐりぐりと刺激《しげき》された。唾液《だえき》で濡《ぬ》らされたそこはにゅぷにゅぷと音を立て、舞桜が未知の刺激に腰《こし》を震《ふる》わせている間に、指が少しずつ増やされていく。

「すごいな……狭《せま》いのに、必死に俺の指を呑み込んでいる。これなら、俺のを入れても大丈夫《だいじょうぶ》そうだ」

晴海の指が舞桜の中から出ていく。喪失感《そうしつかん》に中がひくついているのに気づいて、舞桜はまたえぐえぐとしゃくり上げた。こんな体、恥ずかしい。

「舞桜」

肩を摑まれ、ぐるんと体をひっくり返された。涙《なみだ》でぐしゃぐしゃの顔を見られ、慌《あわ》てて両手で顔を隠《かく》そうとするが、それを晴海の手に阻《はば》まれる。両手をベッドに縫《ぬ》い留められ、また潤《うる》んでしまった目で晴海を見返すと、晴海が唇で涙を吸い取った。

「泣かせたい訳じゃない。だが、君を優《やさ》しく抱《だ》いても、君はずっと自分を疑ったままでいそうだから、余さず全部暴《あば》いてしまいたいんだ。どんなに君が乱れても、俺はどんな君でも愛せる。それを証明してやる」

「……はるみ、さ……っ」

「君は安心して乱れていい。今夜、俺は君にひどいことをする。だから君は全部終わった後、俺のことをぶん殴《なぐ》って全部俺のせいにして構わない」

足を割り拓かれ、晴海の硬いそこが舞桜の中に埋め込まれていく。

「あ、ああっ……あーっ！」

「舞桜、ゆっくり息をしなさい。そうすれば楽になる」

晴海の言葉に反応する余裕《よゆう》はなかったが、本当は笑い出したい気持ちだった。

ひどいことをすると宣言したくせに、結局晴海はどこまでも優しい。どうしたって、ひどくなりきれないのだ。

晴海の腰が舞桜の尻に当たるほど深く、晴海が中に入り込む。とうとう全部入った。舞桜が晴海に視線を向けると、こちらを見ていた晴海と目が合った。

「舞桜、愛している」

「は、い……俺、も……っ」

さっきまでとは違《ちが》う涙が、舞桜の頰《ほお》を伝っていく。今だって本当は怖《こわ》い。自分はこの後どうなってしまうんだろう。快楽に溺《おぼ》れて、我を忘れてしまわないだろうか。この快楽のためなら、何を放《ほう》り出しても構わないと思うような、そんな人間になってしまわないだろうか。

けれど今は。……目の前のこの人の恋人《こいびと》でいたい。

「きす、してくださ……」

すぐに望みが叶《かな》えられ、それと同時に晴海の腰がゆっくりと動き出す。

「は、るみさ……っ、あ、あっ、すきっ、す、き……ぁっ」

「ああ、くそっ……堪《たま》らない、な……っ、何だ、これ……っ」

初めは遠慮《えんりょ》がちだった腰の動きが、次第《しだい》にがつがつとした余裕のないものに変わっていく。

晴海が小さく呻《うめ》く声が時々聞こえて、その声が聞こえるたびに、舞桜の中がきゅんと締《し》まった。

「舞桜……っ、舞桜っ」

「あ、だめっ、やめてくださ……っ、いや、あ、ああっ」

晴海の手が舞桜の性器を擦《こす》り、舌が舞桜の胸を嬲《なぶ》る。体中のどこもが善すぎて、舞桜はただ必死に快楽の波に耐《た》えようとした。シーツを掴む。ベッドのスプリングがぎしぎしと軋《きし》み、家のベッドと違うその安っぽさに、ここがどこだか突きつけられた気がした。

指を噛《か》み、少しでもこの快楽から逃《のが》れようとする。甘い責め苦。ぎゅっと瞑《つぶ》った瞼《まぶた》の裏にちかちかと星が瞬《またた》いている幻覚《げんかく》が見えて目を開けた。その途端《とたん》、舞桜は自分の置かれた状況《じょうきょう》をまざまざと見せつけられた。

「い、いやっ、あ、あっ、いやああっ」

「ふ……っ、今、気づいたのか……？」

舞桜の動揺《どうよう》に気づいても、晴海は腰の動きを止めてくれない。

「特等席だろう？　そこなら、君がどんな顔をしているか、はっきりと見られる」

「や、やだっ、あ、あっ、はるみさんっ、あっ、やだっ」

舞桜の視界に広がっていたもの。それは顔を涙でぐちゃぐちゃにしながら喘《あえ》ぐ、みっともない自分の姿だった。

頭上が鏡になっていたなんて、気づかなかった。どうしてだ。さっきまでは確かに鏡なんかなかったのに。

「はは、ここのスイッチ、で……切り替《か》えられる、みたい、だ、……っ」

ぐっと腰を突《つ》き入れられ、ぱちゅんという刺激と共に舞桜の性器から白濁が飛ぶ。

「ひぅ……っ、あ、あ、やだ、戻《もど》して、もど、してぇ……っ！」

必死でベッドの枕元《まくらもと》にあるスイッチに手を伸《の》ばそうとしたら、腰を摑んだ晴海にずるずると引き寄せられてスイッチから遠ざけられた。

「ちゃんと見なさい。君が、俺に愛されて綺麗《きれい》に乱れる様を」

「き、綺麗なんかじゃ……っ」

「君は綺麗だ。今だって、ものすごく」

両手を絡《から》められ、首筋に噛みつかれながら腰を振《ふ》られる。そうされると鏡越《ご》しに自分の顔がばっちり見えてしまって、見たくないはずなのに、目が離《はな》せない。

「あ、あっ、きもち、いっ、あ、ああ、いいっ」

頭上で、自分が喘いでいる。ものすごくみっともない顔で。涙でぐしゃぐしゃで、きっと鼻水だって出てて、それなのに晴海は……

「ああ、綺麗だ……君は、本当に綺麗、だ……っ、愛してる……君を、誰《だれ》にも……っ」

そんな舞桜の顔を見て愛《いと》おしそうに微笑《ほほえ》んで、綺麗だ、愛していると言ってくれるのだ。

だったら、もういいかな、と思った。

こんなみっともない舞桜を愛してくれるんだから、たぶん、もういいのだ。

晴海に全部曝《さら》け出して。晴海の全部を欲《ほっ》しても。

「晴海さん、好き、すきっ、あ、あっ、いく、い、ああっ、はるみさ……っ！」

晴海とほんの少しだって離れたくなくて、舞桜は自分から両足で晴海に巻き付く。繋《つな》がりがぐっと深くなって晴海の呻く声が聞こえたが、押しつけられたままの腰を揺《ゆ》さぶり、舞桜に更《さら》なる快楽を与《あた》えてきた。

「舞桜、出すぞ……？　いいのか？」

「あ、いいっ、いい……っ、あ、い、いくっ、いくから……っ、早く、はや……っ、あ、ア……ッ!!」

どぷり、と奥に熱い飛沫《ひまつ》を打ちつけられる感触《かんしょく》。それと同時に体ががくがくと震え、舞桜の体が未知の快楽の更に向こうへ投げ出される。

「あ、あ……」

晴海が最後の一滴《ひとしずく》まで残さず奥に叩《たた》きつけると、過ぎた快楽の余韻《よいん》でびりびりに痺《しび》れた体が勝手にひくんひくんと揺れた。

「いい子だ。上手にできたな」

晴海に誉《ほ》め言葉をもらい、舞桜はにっこり微笑む。

それは、今までしていたこととは似つかわしくないぐらい、あどけない微笑みだった。

「はるみさ、ん……これで、おれの……ですよ、ね？」

「ああ、もちろん。そう言いたいのは、俺のほうだがな」

晴海の答えを聞いて満足すると、すうっと意識が遠のいていく。

もう淫乱《いんらん》でも何でもいい。舞桜にはやっと分かったのだ。確かに気持ちよかった。頭がおかしくなるぐらい。でも舞桜が全部曝け出したい相手は、この世に晴海だけなのだ。

どんなに乱れても、晴海は舞桜を許してくれる。愛してくれる。

舞桜にはもう、それだけでよかった。

「ど、どんな顔をして皆《みな》さんと会えばいいんでしょうか？」

「別にいつも通りの顔をして会えばいいと思うが」

晴海はけろっとした顔でそう言ったが、舞桜は絶対に怒《おこ》られると怯《おび》えながら東雲組への道のりを歩く。

晴海が迎《むか》えに来てくれて、お互《たが》いの気持ちをぶつけ合って、体まで重ねてしまった舞桜と晴海だが、今日はその日から何と二日が経《た》ってしまっている。しかもその間、一度も賢吾に連絡《れんらく》をしなかった。

「俺は早く帰ろうと言ったのに」

腰《こし》を摩《さす》りながら、晴海を睨《にら》む。ラブホテルに二日も続けて泊《と》まるだなんて、ちょっと爛《ただ》れすぎている気がする。さすがにずっとセックスをしていた訳ではないが、それなりにはセックス漬《づ》けの二日間だった。

『ひどいことをすると言っただろう？』

そう言って、舞桜にありとあらゆる恥《は》ずかしいことをさせた晴海のいやらしさを思い出すと、今すぐ逃《に》げ出したくなる舞桜だ。

賢吾に今日戻る旨《むね》をメールしたら、『佐知が手ぐすね引いて待ってると伊勢崎に伝えろ』という返事があった。佐知にも心配をかけたことを謝るメールをしたら、『まず東雲組に顔を出すように』という返事が来た。それ以外何も書かれていなくて、余計に怖くなった舞桜である。

だがそんな心配は、東雲組についた途端に吹《ふ》き飛んだ。

「舞桜さん！」

「まお！」

東雲組の玄関《げんかん》をくぐるなり舞桜に声をかけてきたのは、キヌと碧斗だった。

「よかったわ、無事で！」

二人同時に抱《だ》きつかれ、舞桜は目を白黒させる。

「一体何事なんですか？」

「ははは、伊勢崎の馬鹿《ばか》が、お前のところに行く前に、キヌさんのところにも舞桜の居場所を知らないかって乗り込んだらしくてな。伊勢崎の形相がすごかったもんで、舞桜が殺されると勘違《かんちが》いしたみてえだぞ？」

賢吾は笑いながらそう言ったが、晴海がそんなことをする訳がないと知っていたはずだ。どうして誤解を解いてくれなかったのかと思ったが、尋《たず》ねる前に回答が与えられた。

「怖《こわ》がらせたのは伊勢崎なんだから、伊勢崎が弁解するべきだ。むしろこの件で伊勢崎がキヌさんと碧斗に嫌《きら》われても、俺は全然それでいいと思ってる」

答えをくれたのは、仁王立《におうだ》ちをした佐知だった。隣《となり》で史が真似《まね》して仁王立ちをし、「そうだそうだ」と言った。

「佐知さん、このたびは本当にご迷惑《めいわく》をかけて――」

「ストップ。謝るのは舞桜じゃないよな？」

佐知の視線がじろりと晴海に向けられる。隣の史も真似して「ないよな？」と言った。

「伊勢崎、俺はさ、お前にはすごく感謝してるんだ。だからお前に怒られた時は反省するし、お前が何かやらかした時も大抵《たいてい》は庇《かば》ってやりたいって思ってる。けど、今回は駄目《だめ》だ」

「……はい」

普段《ふだん》とは立場が反対だ。あまりに日常とかけ離れた光景に、晴海を庇うのも忘れて舞桜はぽかんと目の前の光景を見つめる。

「舞桜は、俺の大事な、だいーーじなっ、仕事仲間で、友達で、家族なんだよ！　その舞桜を、お前みたいなヘタレにはいそうですかって任せられると思ってんのか!?」

「おもってんの……ぶふっ」

エコーのように続こうとした史の言葉を、賢吾の手が遮《さえぎ》る。そのまま抱き上げられた史はもがもがともがいた後、不貞腐《ふてくさ》れた顔でおとなしくなった。

「いいか!? 今度みっともないとこ見せたら、賢吾がぶん殴《なぐ》るからな!?」

「分かりました」

晴海は珍《めずら》しく殊勝《しゅしょう》な顔で頷《うなず》いたが、賢吾がくくくと笑う。

「そこは自分で殴れよ」

「俺が殴っても痛くないだろうが！ お前手加減すんなよ!? 手加減したら殴るからな!?」

「俺のことはお前が殴るのかよ」

賢吾はよいしょと史を降ろし、ぽんぽんと晴海の肩《かた》を叩いた。

「……だ、そうだから、俺に本気でお前を殴らせんなよ？」

「分かっています。二度と舞桜を逃がしません」

「おお、そうしろ」

「違うだろ!? お前らのそういうとこ、大嫌《だいきら》いだからな!!」

佐知の怒鳴《どな》り声を聞いて苦笑《くしょう》をしていると、やっと舞桜を放してくれたキヌと碧斗が口々に言う。

「舞桜さん、伊勢崎さんにひどいことをされていないの？」

「まお、あいつがなんかしたんだったら、おれがやっつけてやるからな！」

キヌの言葉に、晴海が舞桜にした『ひどいこと』を思い出し、思わず顔を赤くしてしまう。

「ひ、ひどいことなんてされてないです。心配かけてごめんなさい」

視界の片隅《かたすみ》で、晴海が笑っているのが見えた。あれは絶対、舞桜の考えを読んで笑っている。

ひどい。

「いいのよ。私は舞桜さんが元気ならそれで。私こそ、出しゃばってしまってごめんなさいね」

キヌはいつものようにぎこちなく、舞桜との間に線を引こうとする。これまでの舞桜は、その線が引かれるのを黙《だま》って見ているだけだった。でも今日からは違う。

もう一度、晴海に視線を向ける。さっきは笑っていたのに、今は優《やさ》しい表情で頷いてくれた。

全部を理解してくれる人がそばにいるというのは、本当に幸せなことだ。

ふう、と大きく息を吐《は》く。

「キヌさん、お願いがあるんです」

「どうしたの、改まって」

「俺と晴海さん、引っ越《こ》しすることにしました。それで……キヌさんに隣に住んでもらいたいんです」

「急に何を言っているの。私と碧斗のことは――」

キヌの言葉を遮って、舞桜はデイパックから取り出した通帳をキヌに差し出す。

「うわ……っ、舞桜、俺より金持ちだ……」

横から通帳を覗《のぞ》いた佐知が驚《おどろ》きの声を上げると、キヌは通帳を舞桜に押し返そうとした。だが舞桜はそれを許さず、「聞いてください」と決意を込めてキヌを見つめる。

「俺、ずっと晴海さんと一緒《いっしょ》に暮らしてて、家賃も光熱費も食費もいらないし、服も晴海さんがどこかでもらってきてくれたものを着てるんで、これまでほとんどお金が必要なかったんです。だから、結構お金を持ってます」

自分がすごくいやらしいことを言っている自覚はあった。お金があることをひけらかすなんて、普段の舞桜なら絶対にしない。だけど、そんなことは言っていられない。

「俺のお金で、キヌさんと碧斗の住むところを買います。だから、隣に住んでください」

「舞桜さん、私達に気を遣《つか》うことなんて――」

「違うんです。逆、なんです。ずっと、キヌさんと碧斗のことに俺が口出ししちゃいけないと思ってました。でも、そうやって俺が気を遣うから、キヌさんも俺を頼《たよ》ってくれないんだって分かったんです。だから俺、俺がしたいことをどんどん口に出すことにしました。俺は、キヌさんと碧斗の近くに住みたい。このお金だって、二人のために使いたい。嫌《いや》なら嫌って言ってください。俺、諦《あきら》めないけど」

佐知に言われた言葉を思い出す。

『気を遣われると、こっちも気を遣わないといけない気になっちゃうんだよな。ほんとは踏《ふ》み込みたいのに、踏み込んでくるなって言われてるみたいでさ』

たぶんそれが、舞桜とキヌの間に引かれた線の正体だった。舞桜は、その線を踏み越えたい。自分勝手だと怒《おこ》られるかもしれない。図々《ずうずう》しいと嫌われるかも。だけど舞桜は、もうそんなことで諦めないことにしたのだ。キヌと碧斗と、本当の家族になることを。

ここに戻《もど》る途中《とちゅう》の車内でこのことを晴海に話したら、『君の好きにするといい』と言ってくれた。『君が望むなら、隣じゃなくて一緒に住んでもいいぞ？』とも言ってくれたが、『晴海さんとの二人の時間も確保したいと望む俺は贅沢《ぜいたく》ですか？』と正直に話したら、信号待ちの隙《すき》に舞桜の頬《ほお》にキスを一つ落として『君は俺を喜ばせる天才だな』と言って笑ってくれた。

「舞桜さん……本当に、私達のそばにいたいと思ってくれているのね？」

「はい。本当は、キヌさんがぎっくり腰《ごし》になった時も、何で俺を頼ってくれないの！　って怒りたかったし、これからはそうしようと思ってます」

本当は、今キヌ達が住んでいるところの近所に引っ越すことも考えた。けれど、あんなことがあって、キヌと碧斗はきっとあそこに住み続けるのが辛《つら》いだろうと思った。今は何も言ってこなくても、あれだけの騒《さわ》ぎに誰《だれ》も気づかなかったはずはない。

「じゃあ、私も一ついいかしら？」

キヌはそう言って、改まった表情で舞桜の前に立つ。何を言われるのかと緊張《きんちょう》した。優斗をあんな風にしてしまったのは舞桜と母だから、そのことかもしれない。

キヌがすうっと息を吸い込んで、舞桜は緊張で体を硬《かた》くした。次の瞬間《しゅんかん》、舞桜の頬に熱い痛みが走る。

「……っ!?」

ばちんっ!! と大きな音がして、自分が平手打ちされたのだと気づいた直後にキヌが腕《うで》の中に飛び込んできた。

「舞桜さんっ、二度と危ないことをしたら許しませんからね!! 心配をかけて! 私の寿命《じゅみょう》がどれだけ縮んだと思っているの! 本当に、心配したのよ……っ!?」

痺《しび》れるような頬の痛みより、キヌの泣き声のほうが心に痛かった。震《ふる》えるキヌの肩に、触《ふ》れるべきかどうか迷う。思わず視線を彷徨《さまよ》わせたら晴海と目が合い、小さく頷かれた。

「ごめん、なさい……」

恐《おそ》る恐る、キヌの体を抱《だ》きしめる。幼い頃《ころ》、舞桜を抱きしめて守ってくれた祖母の体は、今は舞桜の腕の中にすっぽり収まるほどに小さい。

「ずっと、あなたのことを考えない日はなかったわ……小さなあなたが引きずられるように連れていかれたあの時から、ずっと……ちゃんとご飯は食べているのか、小学校で友達はできたのか、今頃《いまごろ》一人で泣いたりはしていないか。でも、私にはそれを確かめる権利がないと思ったの。それでも、一度だけあなたに会いに行ったわ。会わせてはもらえなかったけれど」

キヌが会いに来てくれていたなんて知らなかった。あの時、舞桜が優斗の子供ではないことを知られてから、キヌとの縁《えん》はぷっつり切れてしまっているものとばかり思っていたが、キヌはそれでも舞桜のことを思ってくれていたのか。

「あなたと再会した時、嬉《うれ》しかったわ。でも、それを伝えていいかどうかも、私には分からなかった。でもこれからは、私も遠慮《えんりょ》しないから。覚悟《かくご》しなさい、舞桜さん。私だって、本当はあなたに言いたいことがたくさんあったのよ？」

「……っ、はいっ」

ここが、舞桜とキヌのスタート地点だ。そんなにすぐに元通りになれるとは思わないが、少しずつ変わっていければいいと思っている。

泣いてしまいそうになるのを必死に堪《こら》えていると、今度は碧斗にTシャツの裾《すそ》を引っ張られた。

「なあまお、まおとはる……いせざきさん、なかなおりしたのか？」

「うん。心配してくれたの？」

「べ、べっつにぃ？　もうあいつのかおをみなくてすむのかとおもってせいせいしてたのになあっておもっただけだしっ」

「嘘《うそ》ばっかり」

全然素《す》直《なお》じゃない碧斗に笑うと、いつの間にかすぐそばまでやってきていた晴海が、後ろから碧斗のことを抱き上げた。

「うわっ！」

「生意気なことを言ってくれるじゃないか。せっかく土産《みやげ》を買ってきてやったのに、渡《わた》す気がなくなりそうだな」

「え？　おみやげあんの⁉　それをはやくいえよ！　ほら！　さっさとちょうだい！」

「こら、碧斗！　失礼な態度を取るのはおやめなさいっ」

キヌが叱《しか》るが、碧斗はどこ吹《ふ》く風だ。それを見た佐知がうんうんと頷《うなず》く。

「なるほどなあ、碧斗は伊勢崎のことが好きだったのか」

「え⁉　あおと、いせざきさんのことがすきなの⁉」

「ち、ちがうし！」

碧斗は慌《あわ》てて晴海の腕の中から抜《ぬ》け出し、べーっと晴海に向かって舌を出した。

「ばーかばーか！　まおをなかせたら、ぜったいゆるさないんだからなっ！」

「碧斗‼」

キヌに怒鳴られ、碧斗は慌てて賢吾の後ろに隠《かく》れる。なるほど。子供はやはりその場にいる一番強い者を無意識に嗅《か》ぎ分ける能力に長《た》けている。

「あ、ぱぱはぼくのなの！　だめえええ！」

今度は史が碧斗に怒り、史と碧斗が追いかけっこを始めた。中庭のほうに走っていく二人とそれを見守るためについて行ったキヌの後ろ姿を見送り、佐知がしみじみした顔で呟《つぶや》く。

「それにしても、伊勢崎が舞桜のことを好きだったとはなあ」

「意外と皆《みんな》、気づかねえもんなんだな。佐知もばばあも、舞桜自身も気づかねえから、見てる俺は面白《おもしろ》かったけどよ」

「そっか、賢吾は気づいてたんだよな。でも、舞桜は気づいてもよかったんじゃないのか？　色々経緯《けいい》を聞いて、さすがの俺でも気づきそうな状況《じょうきょう》だなって思ったけどなあ」

確かに鈍《にぶ》かったのかもしれないが、その件に関しては佐知にだけは言われたくない。佐知が賢吾の思いに気づかなかった間、どれだけ周囲がやきもきしたと思っているのか。

「しょうがないじゃないですか。だって、ずっと佐知さんのことが好きなんだと思ってたんですから」

鈍いと言われるほどではないと主張しようとしたつもりだったが、舞桜の言葉に同時に三人が言葉を発した。

「何だそれはっ」

「はあ⁉」

「伊勢崎てめえ殺すっ」

それぞれが結構な声量で怒鳴《どな》ったので、ちょっと何を言ったか分からない。賢吾さんが誰かを殺そうとしたのだけは分かったけど。

「ひどい勘違《かんちが》いだ！　舞桜！　いくら何でもひどすぎる！　俺、嫌《いや》すぎて鳥肌《とりはだ》が立っちゃったじゃんか、どうしてくれるんだよ！」

「嫌なのはこっちのほうですよ！　あなたみたいな人に惚《ほ》れる奇特《きとく》な人なんて若ぐらいなもんです！　自分がどれだけ面倒臭《めんどうくさ》い人間か、考えたことがあるんですか⁉」

佐知と晴海が言い合いを始める。相変わらず仲がいいなあと、ちょっと拗《す》ねた気持ちで眺《なが》めていると、賢吾が舞桜の肩《かた》を抱いた。

「舞桜、悪いようにはしねえ。何でそんな勘違いをしたのか、俺に説明してみろ」

即座《そくざ》に晴海が「舞桜に触《さわ》らないでください」と賢吾の腕を払《はら》うが、賢吾はまるでターンするように戻ってきてもう一度肩を抱いてくる。

「舞桜？」

笑顔《えがお》が怖《こわ》い。だが気になっていたのは舞桜も同じで、この際だから聞いてみようと思った。

「酔《よ》っぱらって帰ってきた時に、『本当に腹が立つ。佐知さんはあんな男のどこがいいんだ』って、晴海さんが言ったんです」

「えええええ、やだ、気持ち悪いぃぃぃぃ」

佐知が両腕《りょううで》を摩《さす》る。だが賢吾はそれを聞いて腹を抱《かか》えて笑い、晴海に向かって「八つ当たりすんじゃねえよ」と言った。

「八つ当たり、ってどういうことですか？」

「だからな、こいつはずっとお前のことが好きで、でもヘタレだから指咥《くわ》えて見てるしかなかった訳だ。それなのに、こいつと同じ立場だったはずの俺が、あっという間に佐知の愛を獲得《かくとく》して、幸せに暮らしてるのがムカついたんだよ。……そうだよな、伊勢崎？」

「いくら賢吾さんでも、晴海さんに失礼ですよ？　晴海さんがそんなこと考える訳が――」

晴海に視線を向けたら、さっと逸《そ》らされた。え？　もしかして本当にそうなのか？

「俺は君が思うより、器《うつわ》の小さい男なんだ」

ぼそりと晴海が賢吾の言葉を肯定《こうてい》した途端《とたん》、佐知が晴海を指差して笑い出した。

「あはははっ、恰好《かっこ》悪っ！　伊勢崎、めっちゃくちゃ恰好悪っ!!」

「佐知さん。今日の俺は反省しているので何も言いませんが、明日《あした》の俺は別ですからね？」

「う……っ、すみません……」

いつもの光景に、舞桜は思わずくすくすと笑う。

確かに、恰好悪い。けれど、そんな恰好悪い晴海のことだって、舞桜は大好きなのだ。

そうしてすぐに幸せいっぱいな生活に入るかと思われた舞桜と晴海だったが、帰宅して待ち受けていたのは、盛大に拗ねたみゃあちゃんだった。

「みゃあちゃん？　ごめんね？　離《はな》れるのは寂《さび》しかったけど、みゃあちゃんは佐知さんが預かるって言うから……っ」

「しばらく拗ねさせておけばいい。そのうち機嫌《きげん》を直すだろう」

「駄目《だめ》ですよ！　晴海さんもちゃんと一緒《いっしょ》に謝ってください!!」

拗ねに拗ねたみゃあちゃんはそれから一ヶ月の間舞桜にべったりになり、晴海がそばに行こうとするたび抵抗《ていこう》した。

晴海が待ちに待った甘い生活が始まったのは、それから一ヶ月後。だがすぐに引っ越《こ》し先が決まり、その甘い生活も一週間で終わりを告げた。

……そこから、二人の甘くて恰好悪い日常が始まる。

若頭補佐の甘い休日

待ち合わせ場所の映画館の前。柱に凭《もた》れかかった伊勢崎晴海は、腕時《うでど》計《けい》を確認《かくにん》して苦笑《くしょう》を見せる。

待ち合わせの時間は十一時で、今は十時半である。賢吾にバレたら何を張り切っているのかと笑われそうだが、この日を休みにするためについさっきまで徹夜《てつや》で仕事をしていて、下手《へた》にどこかで時間を潰《つぶ》せば寝《ね》てしまいそうな気がしたのだ。

これまで、何度となく約束を反故《ほご》にしてきた。主に賢吾の尻拭《しりぬぐ》いのせいだったが、理由がどうあれ約束を破ったことに変わりはない。今回こそはと、万難《ばんなん》を排《はい》してやっとここまで来た。自分の必死さが滑稽《こっけい》だが、彼のことになると自分は冷静でいられなくなる。

待ち合わせの相手は、小刀祢舞桜。晴海の愛《いと》しい恋人《こいびと》である。恋人だと言えるようになったことがまだ信じられない。自分はただ彼を慈《いつく》しみ、いつか誰《だれ》かと幸せになるのを見届けるのだと思っていた。賢吾には無理に決まっていると鼻で笑われていたが、晴海は本気でそう思っていたのだ。

「あ、あの……」

物思いに耽《ふけ》っていたら、不意に見知らぬ女性に話しかけられた。

「もしかして、約束の相手にすっぽかされたとかだったら、よかったら私と一緒に……」

「いえ。早く着きすぎただけなので、お構いなく」

にべもなく女性との会話を断《た》ち切る。下手に優《やさ》しくするのは逆効果だ。視線を外して無視をすると、女性は「ご、ごめんなさいっ」と小さく頭を下げて去っていった。

気がつけば、女性達の視線がこちらを向いている。どうやら目立ちすぎているらしい。この場所を待ち合わせに選んだのは失敗だったかと舌打ちをしかけた時、待ち望んだ声が聞こえてきた。

「え？　晴海さん!?」

晴海を見つけるなり、驚《おどろ》いた顔で舞桜が走り寄ってくる。先日晴海がプレゼントした空色のサマーニットと白のパンツがよく似合っていて、晴海は思わず目を細めた。

「すみません！　俺、待ち合わせ時間を間《ま》違《ちが》えてたみたいで……っ」

「違う。俺が早く来ただけだ」

時計を確認したら十時四十五分だった。こんなに可愛《かわい》い舞桜を、ここに一人で立たせることにならなくてよかった。十五分も舞桜が一人でここにいたらと思うとぞっとする。

「舞桜、何かついているぞ」

舞桜の髪《かみ》に紙切れがついているのに気づき、晴海はそれを指で摘《つ》まんだ。

「あ、すみません！　出かける時に碧斗が……」

言葉の途中《とちゅう》で何かを思い出したように、舞桜が顔を真っ赤にする。

「デートのお祝いだって言って……その……」

恥《は》ずかしそうにする舞桜があまりにも可愛くて、晴海の表情が甘く緩《ゆる》んだ。途端に周囲の女性達が息を呑《の》んだが、晴海はそれに気づくことなく舞桜の手を取る。

「そういう表情は、二人だけの時にして欲しい」

舞桜の手を引き、足早に館内に足を踏《ふ》み入れると、舞桜が焦《あせ》った様子で「すみません……っ」と言った。

「みっともない顔をしてましたか？　これからは気を……」

「違う」

足を止めて振《ふ》り返る。自己評価の低い舞桜には、はっきり伝えなければ分からない。

「君の可愛い表情を独《ひと》り占《じ》めしたいのを、俺はこれでも随分《ずいぶん》我慢《がまん》している。閉じ込めたくならないように自重して欲しい」

舞桜は一瞬《いっしゅん》ぽかんとした表情を見せて、その後すぐにぼんっと音が聞こえてきそうなぐらいに顔を真っ赤にした。普段《ふだん》は自分の感情よりも他者の感情を優先してしまう舞桜が、素直《すなお》に自分の感情を表現している瞬間が晴海はとても好きだ。その表情を引き出したのが自分だと思うと、尚《なお》の事嬉《うれ》しくなる。

舞桜の反応に満足して、晴海は目的の映画を観《み》るべく歩き出した。

「……申し訳なかった」

誓《ちか》って言うが、晴海はこの日を待ち望んでいた。舞桜が観たがっていた映画を共に観賞し、イタリア料理店で食事をしながら感想を話し合う。完璧《かんぺき》なデートプランのはずだった。

それなのに、晴海はあろうことか映画が始まってすぐに寝てしまっていた。起きたのは、エンディングのスタッフロールも流れ終え、照明がついてからのことだ。

晴海が目を覚ました時、すでに他《ほか》の客は誰もおらず、晴海に肩《かた》を貸した舞桜が隣《となり》に座っているだけだった。

「ふふ、晴海さん、お疲《つか》れですもんね」

晴海の失態を怒《おこ》ることなく、舞桜はにこにこと笑っているが、晴海としてはいっそ罵《ののし》って欲しい気持ちだ。叩《たた》き起こしてくれればよかったのに、とすら思ってしまうが、悪いのは全《すべ》て晴海である。

「腹が減っただろう？　夕飯はイタリアンを――」

「それなんですけど」

仕切り直しをしようとすれば、珍《めずら》しく舞桜に遮《さえぎ》られた。

「スーパーで材料を買って、家でご飯を食べませんか？」

気を遣《つか》われている、と晴海は思ったが、舞桜はにっこり笑って予想外のことを言った。

「俺、家で寛《くつろ》いでる晴海さんを見るのが一番好きなんです。さっき晴海さんが寝てしまったのも、心を許してくれてるみたいですごく嬉しかった。こういう姿を見せてくれるのは、俺だけなのかな、と思ったりなんかして……すみません」

舞桜は本当に予測不能だ。だが、その言葉が嬉しくもある。舞桜は、ありのままの晴海を好きでいてくれているらしい。恰好《かっこう》をつけようとしたところで無駄《むだ》だということだ。

「君は、本当に難しいな」

「そうですか？　すごく簡単だと思いますけど」

晴海の言葉に舞桜はふふっと笑って、「さあ、スーパーに行きましょう」と席から立ち上がろうとしたが、晴海は舞桜の腕《うで》を押さえてそれを阻止《そし》する。

「晴海さ、……ん……」

一瞬だけ閉じた目を開けると、驚いたように目を瞠《みは》り、頬《ほお》を真っ赤にした舞桜が視界いっぱいに広がっていた。

「な、何ですか、急に……っ」

「本当は、今日会ってすぐにこうしたかった。いや、正確に言えば、君を見るたびにこうしたくなる。家に帰れば、君が泣くまでこうしてしまうかもしれないが、それでもいいか？」

「な、泣いたりなんか……しません」

今にも泣いてしまいそうに恥ずかしさで目を潤《うる》ませながら、舞桜は健気《けなげ》にもそう言った。

「俺だって……そう、したいです……」

消え入りそうな声で、それでも舞桜なりに精一杯《せいいっぱい》勇気を出しているのが分かるから、晴海は舞桜の手を取って席を立つ。

「それじゃあ、一刻も早く帰るとしよう。家に帰るまで、この手は放さないように」

「え？　でも……は、はい」

舞桜は何か言いたそうにしたが、晴海がぐっと手に力を込めると気圧《けお》された顔で頷《うなず》いた。

誰に見られようが構うものか。やっと恋人になれた。世界中に宣言したいぐらいだと考えてから、まるで賢吾のような思考だと気づいて苦笑が浮《う》かびそうになる。

だけどこの手は放さなかった。スーパーで偶然《ぐうぜん》に賢吾と佐知に会った時だって、もちろん。


「ん……ふ……っ、はるみさ……っ」

キスの合間に、舞桜が何度も晴海の名を呼ぶ。その切羽《せっぱ》詰《つ》まった声を無視して、晴海は舞桜の甘い唇《くちびる》を堪能《たんのう》し続ける。触《ふ》れ合わせれば恥ずかしそうに唇が震《ふる》えるのが可愛い。そのくせ舌を差し込めばおずおずと応《こた》えてくるところも、縋《すが》るように晴海のシャツを握《にぎ》る手も。

「ん、ん……ぁ……っ」

ソファに押し倒《たお》した舞桜の唇に何度もキスを贈《おく》りながら、さりげなく腿《もも》で舞桜の屹立《きつりつ》したものを刺《し》激《げき》する。慣れない舞桜はその刺激だけで背を震わせ、潤んだ目で晴海を見上げた。

「はるみ、さん……っ、もうだめ、です……ぁ……っ」

「どこが、駄目《だめ》なんだ？」

可哀想《かわいそう》な舞桜は、自分が恥ずかしいことをさせられていることも知らず、「ここ」と晴海の手をその場所へ導いた。晴海が「じゃあ、服を脱《ぬ》ぎなさい」と囁《ささや》くと、うんうんと頷いて素直に服を脱ぐ。舞桜は晴海に全てを曝《さら》け出す。それが当たり前のことだと思っているから。

「足を開いて、押さえていなさい。気持ちいい時はちゃんと声を出すんだぞ？」

「は、はい……あ……あぁ……い、いい、です、すごく……っ、あ、あっ」

ソファの下に隠《かく》してあったローションをそこに垂らし、にゅくにゅくと音を出しながら扱《しご》く。舞桜は快楽に慣れておらず、すぐに達してしまうため、あまり強い刺激を与《あた》えないように注意しながら、もう片方の手で露《あら》わになった秘所に指を差し入れ、たっぷりと時間をかけてその場所を解《ほぐ》した。……舞桜が泣きだしてしまうまで。

「もう、やだっ、やだぁ……っ、入れ、入れてくださ……っ！」

そうしてぐずぐずになった舞桜に懇願《こんがん》させてようやく、晴海は安心して舞桜の中に入ることができるのだ。

舞桜が求めてくれる限り、晴海は舞桜のそばにいられる。そうすることがずるいと知りながらも、晴海は今日も舞桜を雁字搦《がんじがら》めにする。

溺《おぼ》れるほどの愛で。

あとがき

皆様《みなさま》こんにちは、佐倉温《さくらはる》です。伊勢崎《いせざき》さんと舞桜《まお》のお話、いかがでしたでしょうか？

こちらは電子先行配信となっていた作品ですが、時系列としては文庫の刊行順となりますので、ようやく伊勢崎さんが結ばれる世界をお届けできてほっとしました。

この二人の話を読みたいという感想のお手紙をたくさんいただきまして、今回の作品はそういった皆様のお力で書くことができた作品だと思っております。ですがその分、私にとっても担当様にとってもプレッシャーが大きく、今までで一番、プロット段階でボツが出た作品になりました（笑）。結果的に、初めに考えていたお話とはかなり違《ちが》った内容になりましたが、皆様の想像を、いい意味で裏切れているといいなと思っております。

舞桜の生《お》い立ちは他人から見ると辛《つら》いもののようですが、本人にとってはその人生が全てなので、当時は不幸だと思っていません。でもそんな舞桜が晴海《はるみ》の優《やさ》しさに触れ、以前の自分は不幸だったんだと理解してからが、舞桜の人生の本番だと思っています。

いつか舞桜が晴海と喧嘩《けんか》できるようになればいいな、と想像しながら、今回のお話を書いていました。晴海がどんな反応をするのか、考えただけで楽しいです（笑）。

晴海は、書いていてとても楽しかったです。私は彼の扱《あつか》いが本当にひどくて、担当様に『読者が読みたいのはそんな伊勢崎さんじゃありません！』と怒られるほどでした（笑）。担当様の言葉にはっとさせられ、何とか今の晴海になりました。脇《わき》キャラを愛しすぎるゆえ、愛が重すぎたようです（笑）。今回は賢吾《けんご》と佐知《さち》が脇キャラに回っていますが、そちらも脇にいるがゆえに愛情を注ぎすぎ、一時は主役を喰《く》う勢いでした。この悪癖《あくへき》を何とかしたいです（笑）。

そして今回も、桜城《さくらぎ》やや先生に表紙を描《か》いていただきました！　コミカライズで描いてくださった伊勢崎さんが本当に素敵《すてき》で、たくさん描いていただけると楽しみにしております。いつも素敵なイラストを、本当にありがとうございます！

それから担当様。電子配信時は、いつも以上にタイトなスケジュールの中で一緒《いっしょ》に頑張《がんば》ってくださって本当に感謝しております。おそらく、自分史上最速で書いた作品になったと思います（笑）。そんな中でもギリギリまでいい作品になるようにとアドバイスをくださって、その真摯《しんし》さに頭が下がる思いでした。これからも、どうぞよろしくお願いいたします。

そして最後に、このお話を読んでくださった皆様。最後までお読みいただき、本当にありがとうございます。今回のお話は本当に、皆様のお陰《かげ》で書かせていただけた作品です。少しでも、面白《おもしろ》かったと思っていただける作品になっているとよいなと願っております。

それでは、またお会いできることを願っております。

二〇二〇年　五月

佐倉　温

KADOKAWA
RUBY BUNKO

インテリヤクザは不器用《ぶきよう》な策略家《さくりやくか》
佐倉《さくら》温《はる》

角川ルビー文庫　22314

2020年9月1日　初版発行
2024年5月25日　3版発行

発行者——山下直久
発　行——株式会社KADOKAWA
〒102-8177　東京都千代田区富士見2-13-3
電話 0570-002-301（ナビダイヤル）
印刷所——株式会社KADOKAWA
製本所——株式会社KADOKAWA
装幀者——鈴木洋介

ISBN978-4-04-109546-1　C0193　定価はカバーに表示してあります。

◆◇◇